E.T.

Der Sandmann

Herausgegeben von
Rudolf Drux

Philipp Reclam jun. Stuttgart

Der Umschlag zeigt verkleinert eine Federzeichnung
E.T.A. Hoffmanns zu *Der Sandmann*.

Universal-Bibliothek Nr. 230
Alle Rechte vorbehalten
© 1991 Philipp Reclam jun. GmbH & Co., Stuttgart
Gesamtherstellung: Reclam, Ditzingen. Printed in Germany 2000
RECLAM und UNIVERSAL-BIBLIOTHEK sind eingetragene Marken
der Philipp Reclam jun. GmbH & Co., Stuttgart
ISBN 3-15-000230-3

Der Sandmann

Nathanael an Lothar

Gewiß seid Ihr alle voll Unruhe, daß ich so lange – lange nicht
geschrieben. Mutter zürnt wohl, und Clara mag glauben, ich
lebe hier in Saus und Braus und vergesse mein holdes Engelsbild, so tief mir in Herz und Sinn eingeprägt, ganz und gar. –
Dem ist aber nicht so; täglich und stündlich gedenke ich
Eurer aller und in süßen Träumen geht meines holden Clär-
chens freundliche Gestalt vorüber und lächelt mich mit ihren
hellen Augen so anmutig an, wie sie wohl pflegte, wenn ich zu
Euch hineintrat. – Ach wie vermochte ich denn Euch zu
schreiben, in der zerrissenen Stimmung des Geistes, die mir
bisher alle Gedanken verstörte! – Etwas Entsetzliches ist in
mein Leben getreten! – Dunkle Ahnungen eines gräßlichen
mir drohenden Geschicks breiten sich wie schwarze Wolkenschatten über mich aus, undurchdringlich jedem freundlichen
Sonnenstrahl. – Nun soll ich Dir sagen, was mir widerfuhr.
Ich muß es, das sehe ich ein, aber nur es denkend, lacht es wie
toll aus mir heraus. – Ach mein herzlieber Lothar! wie fange
ich es denn an, Dich nur einigermaßen empfinden zu lassen,
daß das, was mir vor einigen Tagen geschah, denn wirklich
mein Leben so feindlich zerstören konnte! Wärst Du nur
hier, so könntest Du selbst schauen; aber jetzt hältst Du mich
gewiß für einen aberwitzigen Geisterseher. – Kurz und gut,
das Entsetzliche, was mir geschah, dessen tödlichen Eindruck
zu vermeiden ich mich vergebens bemühe, besteht in nichts
anderm, als daß vor einigen Tagen, nämlich am 30. Oktober
mittags um 12 Uhr, ein Wetterglashändler in meine Stube trat
und mir seine Ware anbot. Ich kaufte nichts und drohte, ihn
die Treppe herabzuwerfen, worauf er aber von selbst fort-
ging. –

Du ahnest, daß nur ganz eigne, tief in mein Leben eingreifende Beziehungen diesem Vorfall Bedeutung geben können,
ja, daß wohl die Person jenes unglückseligen Krämers gar

3

feindlich auf mich wirken muß. So ist es in der Tat. Mit aller Kraft fasse ich mich zusammen, um ruhig und geduldig Dir aus meiner frühern Jugendzeit so viel zu erzählen, daß Deinem regen Sinn alles klar und deutlich in leuchtenden Bildern aufgehen wird. Indem ich anfangen will, höre ich Dich lachen und Clara sagen: das sind ja rechte Kindereien! – Lacht, ich bitte Euch, lacht mich recht herzlich aus! – ich bitt' Euch sehr! – Aber Gott im Himmel! die Haare sträuben sich mir und es ist, als flehe ich Euch an, mich auszulachen, in wahnsinniger Verzweiflung, wie Franz Moor den Daniel. – Nun fort zur Sache! –

Außer dem Mittagsessen sahen wir, ich und mein Geschwister, Tag über den Vater wenig. Er mochte mit seinem Dienst viel beschäftigt sein. Nach dem Abendessen, das alter Sitte gemäß schon um sieben Uhr aufgetragen wurde, gingen wir alle, die Mutter mit uns, in des Vaters Arbeitszimmer und setzten uns um einen runden Tisch. Der Vater rauchte Tabak und trank ein großes Glas Bier dazu. Oft erzählte er uns viele wunderbare Geschichten und geriet darüber so in Eifer, daß ihm die Pfeife immer ausging, die ich, ihm brennend Papier hinhaltend, wieder anzünden mußte, welches mir denn ein Hauptspaß war. Oft gab er uns aber Bilderbücher in die Hände, saß stumm und starr in seinem Lehnstuhl und blies starke Dampfwolken von sich, daß wir alle wie im Nebel schwammen. An solchen Abenden war die Mutter sehr traurig und kaum schlug die Uhr neun, so sprach sie: »Nun Kinder! – zu Bette! zu Bette! der Sandmann kommt, ich merk' es schon.« Wirklich hörte ich dann jedesmal etwas schweren langsamen Tritts die Treppe heraufpoltern; das mußte der Sandmann sein. Einmal war mir jenes dumpfe Treten und Poltern besonders graulich; ich frug die Mutter, indem sie uns fortführte: »Ei Mama! wer ist denn der böse Sandmann, der uns immer von Papa forttreibt? – wie sieht er denn aus?« »Es gibt keinen Sandmann, mein liebes Kind«, erwiderte die Mutter; »wenn ich sage, der Sandmann kommt, so will das nur heißen, ihr seid schläfrig und könnt die Augen nicht offen behalten, als hätte man euch Sand hineingestreut.« – Der

4

Mutter Antwort befriedigte mich nicht, ja in meinem kindischen Gemüt entfaltete sich deutlich der Gedanke, daß die Mutter den Sandmann nur verleugne, damit wir uns vor ihm nicht fürchten sollten, ich hörte ihn ja immer die Treppe
5 heraufkommen. Voll Neugierde, Näheres von diesem Sandmann und seiner Beziehung auf uns Kinder zu erfahren, frug ich endlich die alte Frau, die meine jüngste Schwester wartete: was denn das für ein Mann sei, der Sandmann? »Ei Thanelchen«, erwiderte diese, »weißt du das noch nicht? Das ist ein
10 böser Mann, der kommt zu den Kindern, wenn sie nicht zu Bett gehen wollen und wirft ihnen Händevoll Sand in die Augen, daß sie blutig zum Kopf herausspringen, die wirft er dann in den Sack und trägt sie in den Halbmond zur Atzung für seine Kinderchen; die sitzen dort im Nest und haben
15 krumme Schnäbel, wie die Eulen, damit picken sie der unartigen Menschenkindlein Augen auf.« – Gräßlich malte sich nun im Innern mir das Bild des grausamen Sandmanns aus; so wie es abends die Treppe heraufpolterte, zitterte ich vor Angst und Entsetzen. Nichts als den unter Tränen hergestotterten
20 Ruf: der Sandmann! der Sandmann! konnte die Mutter aus mir herausbringen. Ich lief darauf in das Schlafzimmer, und wohl die ganze Nacht über quälte mich die fürchterliche Erscheinung des Sandmanns. – Schon alt genug war ich geworden, um einzusehen, daß das mit dem Sandmann und
25 seinem Kindernest im Halbmonde, so wie es mir die Wartefrau erzählt hatte, wohl nicht ganz seine Richtigkeit haben könne; indessen blieb mir der Sandmann ein fürchterliches Gespenst, und Grauen – Entsetzen ergriff mich, wenn ich ihn nicht allein die Treppe heraufkommen, sondern auch meines
30 Vaters Stubentür heftig aufreißen und hineintreten hörte. Manchmal blieb er lange weg, dann kam er öfter hintereinander. Jahre lang dauerte das, und nicht gewöhnen konnte ich mich an den unheimlichen Spuk, nicht bleicher wurde in mir das Bild des grausigen Sandmanns. Sein Umgang mit dem
35 Vater fing an meine Fantasie immer mehr und mehr zu beschäftigen: den Vater darum zu befragen hielt mich eine unüberwindliche Scheu zurück, aber selbst – selbst das

5

Geheimnis zu erforschen, den fabelhaften Sandmann zu sehen, dazu keimte mit den Jahren immer mehr die Lust in mir empor. Der Sandmann hatte mich auf die Bahn des Wunderbaren, Abenteuerlichen gebracht, das so schon leicht im kindlichen Gemüt sich einnistet. Nichts war mir lieber, als schauerliche Geschichten von Kobolten, Hexen, Däumlingen u.s.w. zu hören oder zu lesen; aber obenan stand immer der Sandmann, den ich in den seltsamsten, abscheulichsten Gestalten überall auf Tische, Schränke und Wände mit Kreide, Kohle, hinzeichnete. Als ich zehn Jahre alt geworden, wies mich die Mutter aus der Kinderstube in ein Kämmerchen, das auf dem Korridor unfern von meines Vaters Zimmer lag. Noch immer mußten wir uns, wenn auf den Schlag neun Uhr sich jener Unbekannte im Hause hören ließ, schnell entfernen. In meinem Kämmerchen vernahm ich, wie er bei dem Vater hineintrat und bald darauf war es mir dann, als verbreite sich im Hause ein feiner seltsam riechender Dampf. Immer höher mit der Neugierde wuchs der Mut, auf irgend eine Weise des Sandmanns Bekanntschaft zu machen. Oft schlich ich schnell aus dem Kämmerchen auf den Korridor, wenn die Mutter vorübergegangen, aber nichts konnte ich erlauschen, denn immer war der Sandmann schon zur Türe hinein, wenn ich den Platz erreicht hatte, wo er mir sichtbar werden mußte. Endlich von unwiderstehlichem Drange getrieben, beschloß ich, im Zimmer des Vaters selbst mich zu verbergen und den Sandmann zu erwarten.

An des Vaters Schweigen, an der Mutter Traurigkeit merkte ich eines Abends, daß der Sandmann kommen werde; ich schützte daher große Müdigkeit vor, verließ schon vor neun Uhr das Zimmer und verbarg mich dicht neben der Türe in einem Schlupfwinkel. Die Haustür knarrte, durch den Flur ging es, langsamen, schweren, dröhnenden Schrittes nach der Treppe. Die Mutter eilte mit dem Geschwister mir vorüber. Leise – leise öffnete ich des Vaters Stubentür. Er saß, wie gewöhnlich, stumm und starr den Rücken der Türe zugekehrt, er bemerkte mich nicht, schnell war ich hinein und hinter der Gardine, die einem gleich neben der Türe stehenden offnen Schrank, worin meines Vaters Kleider hingen, vorgezogen war. – Näher – immer näher dröhnten die Tritte – es hustete und scharrte und brummte seltsam draußen. Das Herz bebte mir vor Angst und Erwartung. – Dicht, dicht vor der Türe ein scharfer Tritt – ein heftiger Schlag auf die Klinke, die Tür springt rasselnd auf! – Mit Gewalt mich ermannend gucke ich behutsam hervor. Der Sandmann steht mitten in der Stube vor meinem Vater, der helle Schein der Lichter brennt ihm ins Gesicht! – Der Sandmann, der fürchterliche Sandmann ist der alte Advokat Coppelius, der manchmal bei uns zu Mittage ißt! –

Aber die gräßlichste Gestalt hätte mir nicht tieferes Entsetzen erregen können, als eben dieser Coppelius. – Denke Dir einen großen breitschultrigen Mann mit einem unförmlich dicken Kopf, erdgelbem Gesicht, buschigten grauen Augenbrauen, unter denen ein paar grünliche Katzenaugen stechend hervorfunkeln, großer, starker über die Oberlippe gezogener Nase. Das schiefe Maul verzieht sich oft zum hämischen Lachen; dann werden auf den Backen ein paar dunkelrote Flecke sichtbar und ein seltsam zischender Ton fährt durch die zusammengekniffenen Zähne. Coppelius erschien immer in einem altmodisch zugeschnittenen aschgrauen Rocke, eben solcher Weste und gleichen Beinkleidern, aber dazu schwarze Strümpfe und Schuhe mit kleinen Steinschnallen. Die kleine Perücke reichte kaum bis über den Kopfwirbel heraus, die Kleblocken standen hoch über den großen roten Ohren und ein breiter verschlossener Haarbeutel starrte von dem Nacken weg, so daß man die silberne Schnalle sah, die die gefältelte Halsbinde schloß. Die ganze Figur war überhaupt widrig und abscheulich; aber vor allem waren uns Kindern seine großen knotigten, haarigten Fäuste zuwider, so daß wir, was er damit berührte, nicht mehr mochten. Das hatte er bemerkt, und nun war es seine Freude, irgend ein Stückchen Kuchen, oder eine süße Frucht, die uns die gute Mutter heimlich auf den Teller gelegt, unter diesem, oder jenem Vorwande zu berühren, daß wir, helle Tränen in den Augen, die Näscherei, der wir uns erfreuen sollten, nicht mehr genießen mochten vor Ekel und Abscheu. Ebenso machte er es, wenn uns an Feiertagen der Vater ein klein Gläschen süßen Weins eingeschenkt hatte. Dann fuhr er schnell mit der Faust herüber, oder brachte wohl gar das Glas an die blauen Lippen und lachte recht teuflisch, wenn wir unsern Ärger nur leise schluchzend äußern durften. Er pflegte uns nur immer die kleinen Bestien zu nennen; wir durften, war er zugegen, keinen Laut von uns geben und verwünschten den häßlichen, feindlichen Mann, der uns recht mit Bedacht und Absicht auch die kleinste Freude verdarb. Die Mutter schien ebenso, wie wir, den widerwärtigen Coppelius zu hassen; denn so wie er sich zeigte, war ihr Frohsinn, ihr heiteres unbefangenes Wesen umgewandelt in traurigen, düstern Ernst. Der Vater betrug sich gegen ihn, als sei er ein höheres Wesen, dessen Unarten man dulden und das man auf jede Weise bei guter Laune erhalten müsse. Er durfte nur leise andeuten und Lieblingsgerichte wurden gekocht und seltene Weine kredenzt.

Als ich nun diesen Coppelius sah, ging es grausig und entsetzlich in meiner Seele auf, daß ja niemand anders, als er, der Sandmann sein könne, aber der Sandmann war mir nicht mehr jener Popanz aus dem Ammenmärchen, der dem Eulennest im Halbmonde Kinderaugen zur Atzung holt – Nein! – ein häßlicher gespenstischer Unhold, der überall, wo er einschreitet, Jammer – Not – zeitliches, ewiges Verderben bringt.

Ich war festgezaubert. Auf die Gefahr entdeckt, und, wie ich deutlich dachte, hart gestraft zu werden, blieb ich stehen, den Kopf lauschend durch die Gardine hervorgestreckt. Mein Vater empfing den Coppelius feierlich. »Auf! – zum Werk«, rief dieser mit heiserer, schnarrender Stimme und warf den Rock ab. Der Vater zog still und finster seinen Schlafrock aus und beide kleideten sich in lange schwarze Kittel. Wo sie *die* hernahmen, hatte ich übersehen. Der Vater öffnete die Flügeltür eines Wandschranks; aber, ich sah, daß das, was ich so lange dafür gehalten, kein Wandschrank, sondern vielmehr eine schwarze Höhlung war, in der ein kleiner Herd stand.

Coppelius trat hinzu und eine blaue Flamme knisterte auf dem Herde empor. Allerlei seltsames Geräte stand umher. Ach Gott! – wie sich nun mein alter Vater zum Feuer herabbückte, da sah er ganz anders aus. Ein gräßlicher krampfhaf-
5 ter Schmerz schien seine sanften ehrlichen Züge zum häßlichen widerwärtigen Teufelsbilde verzogen zu haben. Er sah dem Coppelius ähnlich. Dieser schwang die glutrote Zange und holte damit hellblinkende Massen aus dem dicken Qualm, die er dann emsig hämmerte. Mir war es als würden
10 Menschengesichter ringsumher sichtbar, aber ohne Augen – scheußliche, tiefe schwarze Höhlen statt ihrer. »Augen her, Augen her!« rief Coppelius mit dumpfer dröhnender Stimme. Ich kreischte auf von wildem Entsetzen gewaltig erfaßt und stürzte aus meinem Versteck heraus auf den
15 Boden. Da ergriff mich Coppelius, »kleine Bestie! – kleine Bestie!« meckerte er zähnefletschend! – riß mich auf und warf mich auf den Herd, daß die Flamme mein Haar zu sengen begann: »Nun haben wir Augen – Augen – ein schön Paar Kinderaugen.« So flüsterte Coppelius, und griff mit den Fäu-
20 sten glutrote Körner aus der Flamme, die er mir in die Augen streuen wollte. Da hob mein Vater flehend die Hände empor und rief: »Meister! Meister! laß meinem Nathanael die Augen – laß sie ihm!« Coppelius lachte gellend auf und rief: »Mag denn der Junge die Augen behalten und sein Pensum flennen
25 in der Welt; aber nun wollen wir doch den Mechanismus der Hände und der Füße recht observieren.« Und damit faßte er mich gewaltig, daß die Gelenke knackten, und schrob mir die Hände ab und die Füße und setzte sie bald hier, bald dort wieder ein. »'s steht doch überall nicht recht! 's gut so wie es
30 war! – Der Alte hat's verstanden!« So zischte und lispelte Coppelius; aber alles um mich her wurde schwarz und finster, ein jäher Krampf durchzuckte Nerv und Gebein – ich fühlte nichts mehr. Ein sanfter warmer Hauch glitt über mein Gesicht, ich erwachte wie aus dem Todesschlaf, die
35 Mutter hatte sich über mich hingebeugt. »Ist der Sandmann noch da?« stammelte ich. »Nein, mein liebes Kind, der ist lange, lange fort, der tut dir keinen Schaden!« – So sprach

die Mutter und küßte und herzte den wiedergewonnenen Liebling. –

Was soll ich Dich ermüden, mein herzlieber Lothar! was soll ich so weitläuftig einzelnes hererzählen, da noch so vieles zu sagen übrigbleibt? Genug! – ich war bei der Lauscherei entdeckt, und von Coppelius gemißhandelt worden. Angst und Schrecken hatten mir ein hitziges Fieber zugezogen, an dem ich mehrere Wochen krank lag. »Ist der Sandmann noch da?« – Das war mein erstes gesundes Wort und das Zeichen meiner Genesung, meiner Rettung. – Nur noch den schreck- 10 lichsten Moment meiner Jugendjahre darf ich Dir erzählen; dann wirst Du überzeugt sein, daß es nicht meiner Augen Blödigkeit ist, wenn mir nun alles farblos erscheint, sondern, daß ein dunkles Verhängnis wirklich einen trüben Wolken- schleier über mein Leben gehängt hat, den ich vielleicht nur 15 sterbend zerreiße. –

Coppelius ließ sich nicht mehr sehen, es hieß, er habe die Stadt verlassen.

Ein Jahr mochte vergangen sein, als wir der alten unverän- derten Sitte gemäß abends an dem runden Tische saßen. Der 20 Vater war sehr heiter und erzählte viel Ergötzliches von den Reisen, die er in seiner Jugend gemacht. Da hörten wir, als es neune schlug, plötzlich die Haustür in den Angeln knarren und langsame eisenschwere Schritte dröhnten durch den Hausflur die Treppe herauf. »Das ist Coppelius«, sagte meine 25 Mutter erblassend. »Ja! – es ist Coppelius«, widerholte der Vater mit matter gebrochener Stimme. Die Tränen stürzten der Mutter aus den Augen. »Aber Vater, Vater!« rief sie, »muß es denn so sein?« »Zum letztenmale!« erwiderte dieser, »zum letztenmale kommt er zu mir, ich verspreche es dir. 30 Geh nur, geh mit den Kindern! – Geht – geht zu Bette! Gute Nacht!«

Mir war es, als sei ich in schweren kalten Stein eingepreßt – mein Atem stockte! – Die Mutter ergriff mich beim Arm als ich unbeweglich stehen blieb: »Komm Nathanael, komme 35 nur!« – Ich ließ mich fortführen, ich trat in meine Kammer. »Sei ruhig, sei ruhig, lege dich ins Bette! – schlafe – schlafe«,

rief mir die Mutter nach; aber von unbeschreiblicher innerer Angst und Unruhe gequält, konnte ich kein Auge zutun. Der verhaßte abscheuliche Coppelius stand vor mir mit funkelnden Augen und lachte mich hämisch an, vergebens trachtete
5 ich sein Bild los zu werden. Es mochte wohl schon Mitternacht sein, als ein entsetzlicher Schlag geschah, wie wenn ein Geschütz losgefeuert würde. Das ganze Haus erdröhnte, es rasselte und rauschte bei meiner Türe vorüber, die Haustüre wurde klirrend zugeworfen. »Das ist Coppelius«, rief ich
10 entsetzt und sprang aus dem Bette. Da kreischte es auf in schneidendem trostlosen Jammer, fort stürzte ich nach des Vaters Zimmer, die Türe stand offen, erstickender Dampf quoll mir entgegen, das Dienstmädchen schrie: »Ach, der Herr! – der Herr!« – Vor dem dampfenden Herde auf dem
15 Boden lag mein Vater tot mit schwarz verbranntem gräßlich verzerrtem Gesicht, um ihn herum heulten und winselten die Schwestern – die Mutter ohnmächtig daneben! – »Coppelius, verruchter Satan, du hast den Vater erschlagen!« – So schrie ich auf; mir vergingen die Sinne. Als man zwei Tage darauf
20 meinen Vater in den Sarg legte, waren seine Gesichtszüge wieder mild und sanft geworden, wie sie im Leben waren. Tröstend ging es in meiner Seele auf, daß sein Bund mit dem teuflischen Coppelius ihn nicht ins ewige Verderben gestürzt haben könne. –

25 Die Explosion hatte die Nachbarn geweckt, der Vorfall wurde ruchbar und kam vor die Obrigkeit, welche den Coppelius zur Verantwortung vorfordern wollte. Der war aber spurlos vom Orte verschwunden.

Wenn ich Dir nun sage, mein herzlieber Freund! daß jener
30 Wetterglashändler eben der verruchte Coppelius war, so wirst Du mir es nicht verargen, daß ich die feindliche Erscheinung als schweres Unheil bringend deute. Er war anders gekleidet, aber Coppelius' Figur und Gesichtszüge sind zu tief in mein Innerstes eingeprägt, als daß hier ein Irrtum möglich
35 sein sollte. Zudem hat Coppelius nicht einmal seinen Namen geändert. Er gibt sich hier, wie ich höre, für einen piemontesischen Mechanicus aus, und nennt sich Giuseppe Coppola.

Ich bin entschlossen es mit ihm aufzunehmen und des Vaters Tod zu rächen, mag es denn nun gehen wie es will.

Der Mutter erzähle nichts von dem Erscheinen des gräßlichen Unholds – Grüße meine liebe holde Clara, ich schreibe ihr in ruhigerer Gemütsstimmung. Lebe wohl etc. etc. 5

Clara an Nathanael

Wahr ist es, daß Du recht lange mir nicht geschrieben hast, aber dennoch glaube ich, daß Du mich in Sinn und Gedanken trägst. Denn meiner gedachtest Du wohl recht lebhaft, als Du Deinen letzten Brief an Bruder Lothar absenden wolltest und 10 die Aufschrift, statt an ihn, an mich richtetest. Freudig erbrach ich den Brief und wurde den Irrtum erst bei den Worten inne: Ach mein herzlieber Lothar! – Nun hätte ich nicht weiter lesen, sondern den Brief dem Bruder geben sollen. Aber, hast Du mir auch sonst manchmal in kindischer 15 Neckerei vorgeworfen, ich hätte solch ruhiges, weiblich besonnenes Gemüt, daß ich wie jene Frau, drohe das Haus den Einsturz, noch vor schneller Flucht ganz geschwinde einen falschen Kniff in der Fenstergardine glattstreichen würde, so darf ich doch wohl kaum versichern, daß Deines 20 Briefes Anfang mich tief erschütterte. Ich konnte kaum atmen, es flimmerte mir vor den Augen. – Ach, mein herzgeliebter Nathanael! was konnte so Entsetzliches in Dein Leben getreten sein! Trennung von Dir, Dich niemals wieder sehen, der Gedanke durchfuhr meine Brust wie ein glühender 25 Dolchstich. – Ich las und las! – Deine Schilderung des widerwärtigen Coppelius ist gräßlich. Erst jetzt vernahm ich, wie Dein guter alter Vater solch entsetzlichen, gewaltsamen Todes starb. Bruder Lothar, dem ich sein Eigentum zustellte, suchte mich zu beruhigen, aber es gelang ihm schlecht. Der 30 fatale Wetterglashändler Giuseppe Coppola verfolgte mich auf Schritt und Tritt und beinahe schäme ich mich, es zu gestehen, daß er selbst meinen gesunden, sonst so ruhigen Schlaf in allerlei wunderlichen Traumgebilden zerstören konnte. Doch bald, schon den andern Tag, hatte sich alles anders in mir gestaltet. Sei mir nur nicht böse, mein Inniggeliebter, wenn Lothar Dir etwa sagen möchte, daß ich trotz Deiner seltsamen Ahnung, Coppelius werde Dir etwas Böses antun, ganz heitern unbefangenen Sinnes bin, wie immer.

Gerade heraus will ich es Dir nur gestehen, daß, wie ich meine, alles Entsetzliche und Schreckliche, wovon Du sprichst, nur in Deinem Innern vorging, die wahre wirkliche Außenwelt aber daran wohl wenig teilhatte. Widerwärtig genug mag der alte Coppelius gewesen sein, aber daß er Kinder haßte, das brachte in Euch Kindern wahren Abscheu gegen ihn hervor.

Natürlich verknüpfte sich nun in Deinem kindischen Gemüt der schreckliche Sandmann aus dem Ammenmärchen mit dem alten Coppelius, der Dir, glaubtest Du auch nicht an den Sandmann, ein gespenstischer, Kindern vorzüglich gefährlicher, Unhold blieb. Das unheimliche Treiben mit Deinem Vater zur Nachtzeit war wohl nichts anders, als daß beide insgeheim alchymistische Versuche machten, womit die Mutter nicht zufrieden sein konnte, da gewiß viel Geld unnütz verschleudert und obendrein, wie es immer mit solchen Laboranten der Fall sein soll, des Vaters Gemüt ganz von dem trügerischen Drange nach hoher Weisheit erfüllt, der Familie abwendig gemacht wurde. Der Vater hat wohl gewiß durch eigne Unvorsichtigkeit seinen Tod herbeigeführt, und Coppelius ist nicht schuld daran: Glaubst Du, daß ich den erfahrnen Nachbar Apotheker gestern frug, ob wohl bei chemischen Versuchen eine solche augenblicklich tötende Explosion möglich sei? Der sagte: »Ei allerdings« und beschrieb mir nach seiner Art gar weitläufig und umständlich, wie das zugehen könne, und nannte dabei so viel sonderbar klingende Namen, die ich gar nicht zu behalten vermochte. – Nun wirst Du wohl unwillig werden über Deine Clara, Du wirst sagen: in dies kalte Gemüt dringt kein Strahl des Geheimnisvollen, das den Menschen oft mit unsichtbaren Armen umfaßt; sie erschaut nur die bunte Oberfläche der Welt und freut sich, wie das kindische Kind

13

über die goldgleißende Frucht, in deren Innern tödliches Gift verborgen.

Ach mein herzgeliebter Nathanael! glaubst Du denn nicht, daß auch in heitern – unbefangenen – sorglosen Gemütern die Ahnung wohnen könne von einer dunklen Nacht, die feindlich uns in unserm eignen Selbst zu verderben strebt? – Aber verzeih es mir, wenn ich einfältig Mädchen mich unterfange, auf irgend eine Weise mir anzudeuten, was ich eigentlich von solchem Kampfe im Innern glaube. – Ich finde wohl gar am Ende nicht die rechten Worte und Du lachst mich aus, nicht, weil ich was Dummes meine, sondern weil ich mich so ungeschickt anstelle, es zu sagen.

Gibt es eine dunkle Macht, die so recht feindlich und verräterisch einen Faden in unser Inneres legt, woran sie uns dann festpackt und fortzieht auf einem gefahrvollen verderblichen Wege, den wir sonst nicht betreten haben würden – gibt es eine solche Macht, so muß sie in uns sich, wie wir selbst gestalten, ja unser Selbst werden; denn nur *so* glauben wir an sie und räumen ihr den Platz ein, dessen sie bedarf, um jenes geheime Werk zu vollbringen. Haben wir festen, durch das heitre Leben gestärkten, Sinn genug, um fremdes feindliches Einwirken als solches stets zu erkennen und den Weg, in den uns Neigung und Beruf geschoben, ruhigen Schrittes zu verfolgen, so geht wohl jene unheimliche Macht unter in dem vergeblichen Ringen nach der Gestaltung, die unser eignes Spiegelbild sein sollte. Es ist auch gewiß, fügt Lothar hinzu, daß die dunkle psychische Macht, haben wir uns durch uns selbst ihr hingegeben, oft fremde Gestalten, die die Außenwelt uns in den Weg wirft, in unser Inneres hineinzieht, so daß wir selbst nur den Geist entzünden, der, wie wir in wunderlicher Täuschung glauben, aus jener Gestalt spricht. Es ist das Fantom unseres eigenen Ichs, dessen innige Verwandtschaft und dessen tiefe Einwirkung auf unser Gemüt uns in die Hölle wirft, oder in den Himmel verzückt. – Du merkst, mein herzlieber Nathanael! daß wir, ich und Bruder Lothar uns recht über die Materie von dunklen Mächten und Gewalten ausgesprochen haben, die mir nun, nachdem ich nicht

14

ohne Mühe das Hauptsächlichste aufgeschrieben, ordentlich tiefsinnig vorkommt. Lothars letzte Worte verstehe ich nicht ganz, ich ahne nur, was er meint, und doch ist es mir, als sei alles sehr wahr. Ich bitte Dich, schlage Dir den häßlichen Advokaten Coppelius und den Wetterglasmann·Giuseppe Coppola ganz aus dem Sinn. Sei überzeugt, daß diese fremden Gestalten nichts über Dich vermögen; nur der Glaube an ihre feindliche Gewalt kann sie Dir in der Tat feindlich machen. Spräche nicht aus jeder Zeile Deines Briefes die tiefste Aufregung Deines Gemüts, schmerzte mich nicht Dein Zustand recht in innerster Seele, wahrhaftig, ich könnte über den Advokaten Sandmann und den Wetterglashändler Coppelius scherzen. Sei heiter – heiter! – Ich habe mir vorgenommen, bei Dir zu erscheinen, wie Dein Schutzgeist, und den häßlichen Coppola, sollte er es sich etwa beikommen lassen, Dir im Traum beschwerlich zu fallen, mit lautem Lachen fortzubannen. Ganz und gar nicht fürchte ich mich vor ihm und vor seinen garstigen Fäusten, er soll mir weder als Advokat eine Näscherei, noch als Sandmann die Augen verderben.

Ewig, mein herzinnigstgeliebter Nathanael etc. etc. etc.

Nathanael an Lothar

Sehr unlieb ist es mir, daß Clara neulich den Brief an Dich aus, freilich durch meine Zerstreutheit veranlaßtem, Irrtum erbrach und las. Sie hat mir einen sehr tiefsinnigen philosophischen Brief geschrieben, worin sie ausführlich beweiset, daß Coppelius und Coppola nur in meinem Innern existieren und Fantome meines Ichs sind, die augenblicklich zerstäuben, wenn ich sie als solche, erkenne. In der Tat, man sollte gar nicht glauben, daß der Geist, der aus solch hellen holdlächelnden Kindesaugen, oft wie ein lieblicher süßer Traum, hervorleuchtet, so gar verständig, so magistermäßig distinguieren könne. Sie beruft sich auf Dich. Ihr habt über mich gesprochen. Du liesest ihr wohl logische Collegia, damit sie alles fein sichten und sondern lerne. – Laß das bleiben! – Übrigens ist es wohl gewiß, daß der Wetterglashändler Giuseppe Coppola keinesweges der alte Advokat Coppelius ist. Ich höre bei dem erst neuerdings angekommenen Professor der Physik, der, wie jener berühmte Naturforscher, Spalanzani heißt und italienischer Abkunft ist, Collegia. Der kennt den Coppola schon seit vielen Jahren und überdem hört man es auch seiner Aussprache an, daß er wirklich Piemonteser ist. Coppelius war ein Deutscher, aber wie mich dünkt, kein ehrlicher. Ganz beruhigt bin ich nicht. Haltet Ihr, Du und Clara, mich immerhin für einen düstern Träumer, aber nicht los kann ich den Eindruck werden, den Coppelius' verfluchtes Gesicht auf mich macht. Ich bin froh, daß er fort ist aus der Stadt, wie mir Spalanzani sagt. Dieser Professor ist ein wunderlicher Kauz. Ein kleiner rundlicher Mann, das Gesicht mit starken Backenknochen, feiner Nase, aufgeworfnen Lippen, kleinen stechenden Augen. Doch besser, als in jeder Beschreibung, siehst Du ihn, wenn Du den Cagliostro, wie er von Chodowiecki in irgend einem Berlinischen Taschenkalender steht, anschaust. – So sieht Spalanzani aus. – Neulich steige ich die Treppe herauf und nehme wahr, daß die sonst einer Glastüre dicht vorgezogene Gardine zur Seite einen kleinen Spalt läßt. Selbst weiß ich nicht, wie ich dazu kam, neugierig durchzublicken. Ein hohes, sehr schlank im reinsten Ebenmaß gewachsenes, herrlich gekleidetes Frauenzimmer saß im Zimmer vor einem kleinen Tisch, auf den sie beide Ärme, die Hände zusammengefaltet, gelegt hatte. Sie saß der Türe gegenüber, so, daß ich ihr engelschönes Gesicht ganz erblickte. Sie schien mich nicht zu bemerken, und überhaupt hatten ihre Augen etwas Starres, beinahe möcht ich sagen, keine Sehkraft, es war mir so, als schliefe sie mit offnen Augen. Mir wurde ganz unheimlich und deshalb schlich ich leise fort ins Auditorium, das daneben gelegen. Nachher erfuhr ich, daß die Gestalt, die ich gesehen, Spalanzanis Tochter, Olimpia war, die er sonderbarer und schlechter Weise einsperrt, so, daß durchaus kein Mensch in ihre Nähe kommen darf. – Am Ende hat es eine Bewandtnis mit ihr, sie ist vielleicht blödsinnig oder sonst. – Weshalb schreibe ich Dir aber das alles? Besser und ausführlicher hätte ich Dir das mündlich erzählen können. Wisse nämlich, daß ich über vierzehn Tage bei Euch bin. Ich muß mein süßes liebes Engelsbild, meine Clara, wiedersehen. Weggehaucht wird dann die Verstimmung sein, die sich (ich muß das gestehen) nach dem fatalen verständigen Briefe meiner bemeistern wollte. Deshalb schreibe ich auch heute nicht an sie.

Tausend Grüße etc. etc. etc.

Seltsamer und wunderlicher kann nichts erfunden werden, als dasjenige ist, was sich mit meinem armen Freunde, dem jungen Studenten Nathanael, zugetragen, und was ich Dir, günstiger Leser! zu erzählen unternommen. Hast Du, Geneigtester! wohl jemals etwas erlebt, das Deine Brust, Sinn und Gedanken ganz und gar erfüllte, alles andere daraus verdrängend? Es gärte und kochte in Dir, zur siedenden Glut entzündet sprang das Blut durch die Adern und färbte höher Deine Wangen. Dein Blick war so seltsam als wolle er Gestalten, keinem andern Auge sichtbar, im leeren Raum erfassen und die Rede zerfloß in dunkle Seufzer. Da frugen Dich die Freunde: »Wie ist Ihnen, Verehrter? – Was haben Sie, Teurer?« Und nun wolltest Du das innere Gebilde mit allen glühenden Farben und Schatten und Lichtern aussprechen und mühtest Dich ab, Worte zu finden, um nur anzufangen. Aber es war Dir, als müßtest Du nun gleich im ersten Wort alles Wunderbare, Herrliche, Entsetzliche, Lustige, Grauenhafte, das sich zugetragen, recht zusammengreifen, so daß es, wie ein elektrischer Schlag, alle treffe. Doch jedes Wort, alles was Rede vermag, schien Dir farblos und frostig und tot. Du suchst und suchst, und stotterst und stammelst, und die nüchternen Fragen der Freunde schlagen, wie eisige Windeshauche, hinein in Deine innere Glut, bis sie verlöschen will. Hattest Du aber, wie ein kecker Maler, erst mit einigen verwegenen Strichen, den Umriß Deines innern Bildes hingeworfen, so trugst Du mit leichter Mühe immer glühender und glühender die Farben auf und das lebendige Gewühl mannig-facher Gestalten riß die Freunde fort und sie sahen, wie Du, sich selbst mitten im Bilde, das aus Deinem Gemüt hervorge-gangen! – Mich hat, wie ich es Dir, geneigter Leser! gestehen muß, eigentlich niemand nach der Geschichte des jungen Nathanael gefragt; Du weißt ja aber wohl, daß ich zu dem wunderlichen Geschlechte der Autoren gehöre, denen, tra-gen sie etwas so in sich, wie ich es vorhin beschrieben, so zu Mute wird, als frage jeder, der in ihre Nähe kommt und nebenher auch wohl noch die ganze Welt: »Was ist es denn? Erzählen Sie Liebster?« – So trieb es mich denn gar gewaltig, von Nathanaels verhängnisvollem Leben zu Dir zu sprechen. Das Wunderbare, Seltsame davon erfüllte meine ganze Seele, aber eben deshalb und weil ich Dich, o mein Leser! gleich geneigt machen mußte, Wunderliches zu ertragen, welches nichts Geringes ist, quälte ich mich ab, Nathanaels Ge-schichte, bedeutend – originell, ergreifend, anzufangen: »Es war einmal« – der schönste Anfang jeder Erzählung, zu nüch-tern! – »In der kleinen Provinzial-Stadt S. lebte« – etwas besser, wenigstens ausholend zum Klimax. – Oder gleich medias in res: »›Scher' Er sich zum Teufel‹, rief, Wut und Entsetzen im wilden Blick, der Student Nathanael, als der Wetterglashändler Giuseppe Coppola« – Das hatte ich in der Tat schon aufgeschrieben, als ich in dem wilden Blick des Studenten Nathanael etwas Possierliches zu verspüren glaubte; die Geschichte ist aber gar nicht spaßhaft. Mir kam keine Rede in den Sinn, die nur im mindesten etwas von dem Farbenglanz des innern Bildes abzuspiegeln schien. Ich beschloß gar nicht anzufangen. Nimm, geneigter Leser! die drei Briefe, welche Freund Lothar mir gütigst mitteilte, für den Umriß des Gebildes, in das ich nun erzählend immer mehr und mehr Farbe hineinzutragen mich bemühen werde. Vielleicht gelingt es mir, manche Gestalt, wie ein guter Por-traitmaler, so aufzufassen, daß Du es ähnlich findest, ohne das Original zu kennen, ja daß es Dir ist, als hättest Du die Person recht oft schon mit leibhaftigen Augen gesehen. Vielleicht wirst Du, o mein Leser! dann glauben, daß nichts wunderlicher und toller sei, als das wirkliche Leben und daß dieses der Dichter doch nur, wie in eines matt geschliffnen Spiegels dunklem Widerschein, auffassen könne.

Damit klarer werde, was gleich anfangs zu wissen nötig, ist jenen Briefen noch hinzuzufügen, daß bald darauf, als Nathanaels Vater gestorben, Clara und Lothar, Kinder eines weitläuftigen Verwandten, der ebenfalls gestorben und sie verwaist nachgelassen, von Nathanaels Mutter ins Haus genommen wurden. Clara und Nathanael faßten eine heftige Zuneigung zu einander, wogegen kein Mensch auf Erden etwas einzuwenden hatte; sie waren daher Verlobte, als Nathanael den Ort verließ um seine Studien in G.– fortzusetzen. Da ist er nun in seinem letzten Briefe und hört Collegia bei dem berühmten Professor Physices, Spalanzani.

Nun könnte ich getrost in der Erzählung fortfahren; aber in dem Augenblick steht Claras Bild so lebendig mir vor Augen, daß ich nicht wegschauen kann, so wie es immer geschah, wenn sie mich holdlächelnd anblickte. – Für schön konnte Clara keineswegs gelten; das meinten alle, die sich von Amtswegen auf Schönheit verstehen. Doch lobten die Architekten die reinen Verhältnisse ihres Wuchses, die Maler fanden Nacken, Schultern und Brust beinahe zu keusch geformt, verliebten sich dagegen sämtlich in das wunderbare Magdalenenhaar und faselten überhaupt viel von Battonischem Kolorit. Einer von ihnen, ein wirklicher Fantast, verglich aber höchstseltsamer Weise Claras Augen mit einem See von Ruisdael, in dem sich des wolkenlosen Himmels reines Azur, Wald und Blumenflur, der reichen Landschaft ganzes buntes, heitres Leben spiegelt. Dichter und Meister gingen aber weiter und sprachen: »Was See – was Spiegel! – Können wir denn das Mädchen anschauen, ohne daß uns aus ihrem Blick wunderbare himmlische Gesänge und Klänge entgegenstrahlen, die in unser Innerstes dringen, daß das alles wach und rege wird? Singen wir selbst dann nichts wahrhaft Gescheutes, so ist überhaupt nicht viel an uns und das lesen wir denn auch deutlich in dem um Claras Lippen schwebenden feinen

19

Lächeln, wenn wir uns unterfangen, ihr etwas vorzuquinkelieren, das so tun will als sei es Gesang, unerachtet nur einzelne Töne verworren durcheinanderspringen.« Es war dem so. Clara hatte die lebenskräftige Fantasie des heitern unbefangenen, kindischen Kindes, ein tiefes weiblich zartes Gemüt, einen gar hellen scharf sichtenden Verstand. Die Nebler und Schwebler hatten bei ihr böses Spiel; denn ohne zu viel zu reden, was überhaupt in Claras schweigsamer Natur nicht lag, sagte ihnen der helle Blick, und jenes feine ironische Lächeln: Lieben Freunde! wie möget ihr mir denn zumuten, daß ich eure verfließende Schattengebilde für wahre Gestalten ansehen soll, mit Leben und Regung? – Clara wurde deshalb von vielen kalt, gefühllos, prosaisch gescholten; aber andere, die das Leben in klarer Tiefe aufgefaßt, liebten ungemein das gemütvolle, verständige, kindliche Mädchen, doch keiner so sehr, als Nathanael, der sich in Wissenschaft und Kunst kräftig und heiter bewegte. Clara hing an dem Geliebten mit ganzer Seele; die ersten Wolkenschatten zogen durch ihr Leben, als er sich von ihr trennte. Mit welchem Entzücken flog sie in seine Arme, als er nun, wie er im letzten Briefe an Lothar es verheißen, wirklich in seiner Vaterstadt ins Zimmer der Mutter eintrat. Es geschah so wie Nathanael geglaubt; denn in dem Augenblick, als er Clara wieder sah, dachte er weder an den Advokaten Coppelius, noch an Claras verständigen Brief, jede Verstimmung war verschwunden.

Recht hatte aber Nathanael doch, als er seinem Freunde Lothar schrieb, daß des widerwärtigen Wetterglashändlers Coppola Gestalt recht feindlich in sein Leben getreten sei. Alle fühlten das, da Nathanael gleich in den ersten Tagen in seinem ganzen Wesen durchaus verändert sich zeigte. Er versank in düstre Träumereien, und trieb es bald so seltsam, wie man es niemals von ihm gewohnt gewesen. Alles, das ganze Leben war ihm Traum und Ahnung geworden; immer sprach er davon, wie jeder Mensch, sich frei wähnend, nur dunklen Mächten zum grausamen Spiel diene, vergeblich lehne man sich dagegen auf, demütig müsse man sich dem fügen, was das

Schicksal verhängt habe. Er ging so weit, zu behaupten, daß es töricht sei, wenn man glaube, in Kunst und Wissenschaft nach selbsttätiger Willkür zu schaffen; denn die Begeisterung, in der man nur zu schaffen fähig sei, komme nicht aus dem eignen Innern, sondern sei das Einwirken irgend eines außer uns selbst liegenden höheren Prinzips.

Der verständigen Clara war diese mystische Schwärmerei im höchsten Grade zuwider, doch schien es vergebens, sich auf Widerlegung einzulassen. Nur dann, wenn Nathanael bewies, daß Coppelius das böse Prinzip sei, was ihn in dem Augenblick erfaßt habe, als er hinter dem Vorhange lauschte, und daß dieser widerwärtige *Dämon* auf entsetzliche Weise ihr Liebesglück stören werde, da wurde Clara sehr ernst und sprach: »Ja Nathanael! Du hast recht, Coppelius ist ein böses feindliches Prinzip, er kann Entsetzliches wirken, wie eine teuflische Macht, die sichtbarlich in das Leben trat, aber nur dann, wenn du ihn nicht aus Sinn und Gedanken verbannst. So lange du an ihn glaubst, *ist* er auch und wirkt, nur dein Glaube ist seine Macht.« – Nathanael, ganz erzürnt, daß Clara die Existenz des *Dämons* nur in seinem eignen Innern statuiere, wollte dann hervorrücken mit der ganzen mystischen Lehre von Teufeln und grausen Mächten, Clara brach aber verdrüßlich ab, indem sie irgend etwas Gleichgültiges dazwischen schob, zu Nathanaels nicht geringem Ärger. *Der* dachte, kalten unempfänglichen Gemütern erschließen sich solche tiefe Geheimnisse nicht, ohne sich deutlich bewußt zu sein, daß er Clara eben zu solchen untergeordneten Naturen zähle, weshalb er nicht abließ mit Versuchen, sie in jene Geheimnisse einzuweihen. Am frühen Morgen, wenn Clara das Frühstück bereiten half, stand er bei ihr und las ihr aus allerlei mystischen Büchern vor, daß Clara bat: »Aber lieber Nathanael, wenn ich *dich* nun das böse Prinzip schelten wollte, das feindlich auf meinen Kaffee wirkt? – Denn, wenn ich, wie du es willst, alles stehen und liegen lassen und dir, indem du liesest, in die Augen schauen soll, so läuft mir der Kaffee ins Feuer und ihr bekommt alle kein Frühstück!« – Nathanael klappte das Buch heftig zu und rannte voll Unmut fort in sein Zimmer. Sonst hatte er eine besondere Stärke in anmutigen, lebendigen Erzählungen, die er aufschrieb, und die Clara mit dem innigsten Vergnügen anhörte, jetzt waren seine Dichtungen düster, unverständlich, gestaltlos, so daß, wenn Clara schonend es auch nicht sagte, er doch wohl fühlte, wie wenig sie davon angesprochen wurde. Nichts war für Clara tötender, als das Langweilige; in Blick und Rede sprach sie dann ihre nicht zu besiegende geistige Schläfrigkeit aus. Nathanaels Dichtungen waren in der Tat sehr langweilig. Sein Verdruß über Claras kaltes prosaisches Gemüt stieg höher, Clara konnte ihren Unmut über Nathanaels dunkle, düstere, langweilige Mystik nicht überwinden, und so entfernten beide im Innern sich immer mehr von einander, ohne es selbst zu bemerken. Die Gestalt des häßlichen Coppelius war, wie Nathanael selbst es sich gestehen mußte, in seiner Fantasie erbleicht und es kostete ihm oft Mühe, ihn in seinen Dichtungen, wo er als grauser Schicksalspopanz auftrat, recht lebendig zu kolorieren. Es kam ihm endlich ein, jene düstre Ahnung, daß Coppelius sein Liebesglück stören werde, zum Gegenstande eines Gedichts zu machen. Er stellte sich und Clara dar, in treuer Liebe verbunden, aber dann und wann war es, als griffe eine schwarze Faust in ihr Leben und risse irgend eine Freude heraus, die ihnen aufgegangen. Endlich, als sie schon am Traualtar stehen, erscheint der entsetzliche Coppelius und berührt Claras holde Augen: *die* springen in Nathanaels Brust wie blutige Funken sengend und brennend, Coppelius faßt ihn und wirft ihn in einen flammenden Feuerkreis, der sich dreht mit der Schnelligkeit des Sturmes und ihn sausend und brausend fortreißt. Es ist ein Tosen, als wenn der Orkan grimmig hineinpeitscht in die schäumenden Meereswellen, die sich wie schwarze, weißhauptige Riesen emporbäumen in wütendem Kampfe. Aber durch dies wilde Tosen hört er Claras Stimme: »Kannst du mich denn nicht erschauen? Coppelius hat dich getäuscht, das waren ja nicht meine Augen, die so in deiner Brust brannten, das waren ja glühende Tropfen deines eignen Herzbluts – ich habe ja meine Augen, sieh mich doch nur an!« – Nathanael

denkt: das ist Clara, und ich bin ihr Eigen ewiglich. – Da ist
es, als faßt der Gedanke gewaltig in den Feuerkreis hinein,
daß er stehen bleibt, und im schwarzen Abgrund verrauscht
dumpf das Getöse. Nathanael blickt in Claras Augen; aber es
ist der Tod, der mit Claras Augen ihn freundlich anschaut.

Während Nathanael dies dichtete, war er sehr ruhig und
besonnen, er feilte und besserte an jeder Zeile und da er sich
dem metrischen Zwange unterworfen, ruhte er nicht, bis alles
rein und wohlklingend sich fügte. Als er jedoch nun endlich
fertig worden, und das Gedicht für sich laut las, da faßte ihn
Grausen und wildes Entsetzen und er schrie auf: »Wessen
grauenvolle Stimme ist das?« – Bald schien ihm jedoch das
Ganze wieder nur eine sehr gelungene Dichtung, und es war
ihm, als müsse Claras kaltes Gemüt dadurch entzündet werden, wiewohl er nicht deutlich dachte, wozu denn Clara entzündet, und wozu es denn nun eigentlich führen solle, sie mit
den grauenvollen Bildern zu ängstigen, die ein entsetzliches,
ihre Liebe zerstörendes Geschick weissagten. Sie, Nathanael
und Clara, saßen in der Mutter kleinem Garten, Clara war
sehr heiter, weil Nathanael sie seit drei Tagen, in denen er an
jener Dichtung schrieb, nicht mit seinen Träumen und
Ahnungen geplagt hatte. Auch Nathanael sprach lebhaft und
froh von lustigen Dingen wie sonst, so, daß Clara sagte:
»Nun erst habe ich dich ganz wieder, siehst du es wohl, wie
wir den häßlichen Coppelius vertrieben haben?« Da fiel dem
Nathanael erst ein, daß er ja die Dichtung in der Tasche trage,
die er habe vorlesen wollen. Er zog auch sogleich die Blätter
hervor und fing an zu lesen: Clara, etwas Langweiliges wie
gewöhnlich vermutend und sich darein ergebend, fing an,
ruhig zu stricken. Aber so wie immer schwärzer und schwärzer das düstre Gewölk aufstieg, ließ sie den Strickstrumpf
sinken und blickte starr dem Nathanael ins Auge. *Den* riß
seine Dichtung unaufhaltsam fort, hochrot färbte seine Wangen die innere Glut, Tränen quollen ihm aus den Augen –
Endlich hatte er geschlossen, er stöhnte in tiefer Ermattung –
er faßte Claras Hand und seufzte wie aufgelöst in trostlosem
Jammer: »Ach! – Clara – Clara« – Clara drückte ihn sanft an

23

ihren Busen und sagte leise, aber sehr langsam und ernst: »Nathanael – mein herzlieber Nathanael! – wirf das tolle – unsinnige – wahnsinnige Märchen ins Feuer.« Da sprang Nathanael entrüstet auf und rief, Clara von sich stoßend: »Du lebloses, verdammtes Automat!« Er rannte fort, bittre Tränen vergoß die tief verletzte Clara: »Ach er hat mich niemals geliebt, denn er versteht mich nicht«, schluchzte sie laut. – Lothar trat in die Laube; Clara mußte ihm erzählen was vorgefallen; er liebte seine Schwester mit ganzer Seele, jedes Wort ihrer Anklage fiel wie ein Funke in sein Inneres, so, daß der Unmut, den er wider den träumerischen Nathanael lange im Herzen getragen, sich entzündete zum wilden Zorn. Er lief zu Nathanael, er warf ihm das unsinnige Betragen gegen die geliebte Schwester in harten Worten vor, die der aufbrausende Nathanael ebenso erwiderte. Ein fantastischer, wahnsinniger Geck wurde mit einem miserablen, gemeinen Alltagsmenschen erwidert. Der Zweikampf war unvermeidlich. Sie beschlossen, sich am folgenden Morgen hinter dem Garten nach dortiger akademischer Sitte mit scharf geschliffenen Stoßrapieren zu schlagen. Stumm und finster schlichen sie umher, Clara hatte den heftigen Streit gehört und gesehen, daß der Fechtmeister in der Dämmerung die Rapiere brachte. Sie ahnte was geschehen sollte. Auf dem Kampfplatz angekommen hatten Lothar und Nathanael so eben düsterschweigend die Röcke abgeworfen, blutdürstige Kampflust im brennenden Auge wollten sie gegen einander ausfallen, als Clara durch die Gartentür herbeistürzte. Schluchzend rief sie laut: »Ihr wilden entsetzlichen Menschen! – stoßt mich nur gleich nieder, ehe ihr euch anfallt; denn wie soll ich denn länger leben auf der Welt, wenn der Geliebte den Bruder, oder wenn der Bruder den Geliebten ermordet hat!« – Lothar ließ die Waffe sinken und sah schweigend zur Erde nieder, aber in Nathanaels Innern ging in herzzerreißender Wehmut alle Liebe wieder auf, wie er sie jemals in der herrlichen Jugendzeit schönsten Tagen für die holde Clara empfunden. Das Mordgewehr entfiel seiner Hand, er stürzte zu Claras Füßen. »Kannst du mir denn jemals verzeihen, du meine einzige, meine herzgeliebte Clara! – Kannst du mir verzeihen, mein herzlieber Bruder Lothar!« – Lothar wurde gerührt von des Freundes tiefem Schmerz; unter tausend Tränen umarmten sich die drei versöhnten Menschen und schwuren, nicht von einander zu lassen in steter Liebe und Treue.

Dem Nathanael war es zu Mute, als sei eine schwere Last, die ihn zu Boden gedrückt, von ihm abgewälzt, ja als habe er, Widerstand leistend der finstern Macht, die ihn befangen, sein ganzes Sein, dem Vernichtung drohte, gerettet. Noch drei selige Tage verlebte er bei den Lieben, dann kehrte er zurück nach G., wo er noch ein Jahr zu bleiben, dann aber auf immer nach seiner Vaterstadt zurückzukehren gedachte.

Der Mutter war alles, was sich auf Coppelius bezog, verschwiegen worden; denn man wußte, daß sie nicht ohne Entsetzen an ihn denken konnte, weil sie, wie Nathanael, ihm den Tod ihres Mannes Schuld gab.

Wie erstaunte Nathanael, als er in seine Wohnung wollte und sah, daß das ganze Haus niedergebrannt war, so daß aus dem Schutthaufen nur die nackten Feuermauern hervorragten. Unerachtet das Feuer in dem Laboratorium des Apothekers, der im untern Stocke wohnte, ausgebrochen war, das Haus daher von unten herauf gebrannt hatte, so war es doch den kühnen, rüstigen Freunden gelungen, noch zu rechter Zeit in Nathanaels im obern Stock gelegenes Zimmer zu dringen, um Bücher, Manuskripte, Instrumente zu retten. Alles hatten sie unversehrt in ein anderes Haus getragen, und dort ein Zimmer in Beschlag genommen, welches Nathanael nun sogleich bezog. Nicht sonderlich achtete er darauf, daß er dem Professor Spalanzani gegenüber wohnte, und ebenso wenig schien es ihn etwas Besonderes, als er bemerkte, daß er aus seinem Fenster gerade hinein in das Zimmer blickte, wo oft Olimpia einsam saß, so, daß er ihre Figur deutlich erkennen konnte, wiewohl die Züge des Gesichts undeutlich und verworren blieben. Wohl fiel es ihm endlich auf, daß Olimpia oft stundenlang in derselben Stellung, wie er sie einst durch ihre Glastüre entdeckte, ohne irgend eine Beschäftigung an einem kleinen Tische saß und daß sie offenbar unverwandten Blickes nach ihm herüberschaute; er mußte sich auch selbst gestehen, daß er nie einen schöneren Wuchs gesehen; indessen, Clara im Herzen, blieb ihm die steife, starre Olimpia höchst gleichgültig und nur zuweilen sah er flüchtig über sein Kompendium herüber nach der schönen Bildsäule, das war alles. – Eben schrieb er an Clara, als es leise an die Türe klopfte; sie öffnete sich auf seinen Zuruf und Coppolas widerwärtiges Gesicht sah hinein. Nathanael fühlte sich im Innersten erbeben; eingedenk dessen, was ihm Spalanzani über den Landsmann Coppola gesagt und was er auch rücksichts des Sandmanns Coppelius der Geliebten so heilig versprochen, schämte er sich aber selbst seiner kindischen Gespensterfurcht, nahm sich mit aller Gewalt zusammen und sprach so sanft und gelassen, als möglich: »Ich kaufe kein Wetterglas, mein lieber Freund! gehen Sie nur!« Da trat aber Coppola vollends in die Stube und sprach mit heiserem Ton, indem sich das weite Maul zum häßlichen Lachen verzog und die kleinen Augen unter den grauen langen Wimpern stechend hervorfunkelten: »Ei, nix Wetterglas, nix Wetterglas! – hab' auch sköne Oke – sköne Oke!« – Entsetzt rief Nathanael: »Toller Mensch, wie kannst du Augen haben? – Augen – Augen?« Aber in dem Augenblick hatte Coppola seine Wettergläser bei Seite gesetzt, griff in die weiten Rocktaschen und holte Lorgnetten und Brillen heraus, die er auf den Tisch legte. – »Nu – Nu – Brill' – Brill' auf der Nas' su setze, das sein meine Oke – sköne Oke!« – Und damit holte er immer mehr und mehr Brillen heraus, so, daß es auf dem ganzen Tisch seltsam zu flimmern und zu funkeln begann. Tausend Augen blickten und zuckten krampfhaft und starrten auf zum Nathanael; aber er konnte nicht wegschauen von dem Tisch, und immer mehr Brillen legte Coppola hin, und immer wilder und wilder sprangen flammende Blicke durcheinander und schossen ihre blutrote Strahlen in Nathanaels Brust. Über-

mannt von tollem Entsetzen schrie er auf: »Halt ein! halt ein,
fürchterlicher Mensch!« – Er hatte Coppola, der eben in die
Tasche griff, um noch mehr Brillen herauszubringen, unerachtet schon der ganze Tisch überdeckt war, beim Arm fest-
gepackt, Coppola machte sich mit heiserem widrigen Lachen
sanft los und mit den Worten: »Ah! – nix für Sie – aber hier
sköne Glas« – hatte er alle Brillen zusammengerafft, einge-
steckt und aus der Seitentasche des Rocks eine Menge großer
und kleiner Perspektive hervorgeholt. So wie die Brillen fort
waren, wurde Nathanael ganz ruhig und an Clara denkend
sah er wohl ein, daß der entsetzliche Spuk nur aus seinem
Innern hervorgegangen, so wie daß Coppola ein höchst ehrlicher Mechanicus und Opticus, keinesweges aber Coppelii
verfluchter Doppeltgänger und Revenant sein könne. Zudem
hatten alle Gläser, die Coppola nun auf den Tisch gelegt, gar
nichts Besonderes, am wenigsten so etwas Gespenstisches
wie die Brillen und, um alles wieder gut zu machen, beschloß
Nathanael dem Coppola jetzt wirklich etwas abzukaufen. Er
ergriff ein kleines sehr sauber gearbeitetes Taschenperspektiv
und sah, um es zu prüfen, durch das Fenster. Noch im Leben
war ihm kein Glas vorgekommen, das die Gegenstände so
rein, scharf und deutlich dicht vor die Augen rückte. Unwill-
kürlich sah er hinein in Spalanzanis Zimmer; Olimpia saß,
wie gewöhnlich, vor dem kleinen Tisch, die Arme daraufge-
legt, die Hände gefaltet. – Nun erschaute Nathanael erst
Olimpias wunderschön geformtes Gesicht. Nur die Augen
schienen ihm gar seltsam starr und tot. Doch wie er immer
schärfer und schärfer durch das Glas hinschaute, war es, als
gingen in Olimpias Augen feuchte Mondesstrahlen auf. Es
schien, als wenn nun erst die Sehkraft entzündet würde;
immer lebendiger und lebendiger flammten die Blicke.
Nathanael lag wie festgezaubert im Fenster, immer fort und
fort die himmlisch-schöne Olimpia betrachtend. Ein Räus-
pern und Scharren weckte ihn, wie aus tiefem Traum. Coppola stand hinter ihm: »Tre Zechini – drei Dukat« – Nathanael hatte den Opticus rein vergessen, rasch zahlte er das
Verlangte: »Nick so? – sköne Glas – sköne Glas!« frug Cop-

27

pola mit seiner widerwärtigen heisern Stimme und dem hämischen Lächeln. »Ja, ja, ja!« erwiderte Nathanael verdrießlich: »Adieu, lieber Freund!« – Coppola verließ nicht ohne viele seltsame Seitenblicke auf Nathanael, das Zimmer. Er hörte ihn auf der Treppe laut lachen. »Nun ja«, meinte Nathanael, 5 »er lacht mich aus, weil ich ihm das kleine Perspektiv gewiß viel zu teuer bezahlt habe – zu teuer bezahlt!« – Indem er diese Worte leise sprach, war es, als halle ein tiefer Todesseufzer grauenvoll durch das Zimmer, Nathanaels Atem stockte vor innerer Angst. – Er hatte ja aber selbst so aufgeseufzt, das 10 merkte er wohl. »Clara«, sprach er zu sich selber, »hat wohl recht, daß sie mich für einen abgeschmackten Geisterseher hält; aber närrisch ist es doch – ach wohl mehr, als närrisch, daß mich der dumme Gedanke, ich hätte das Glas dem Coppola zu teuer bezahlt, noch jetzt so sonderbar ängstigt; den 15 Grund davon sehe ich gar nicht ein. « – Jetzt setzte er sich hin, um den Brief an Clara zu enden, aber ein Blick durchs Fenster überzeugte ihn, daß Olimpia noch da säße und im Augenblick, wie von unwiderstehlicher Gewalt getrieben, sprang er auf, ergriff Coppolas Perspektiv und konnte nicht los von 20 Olimpias verführerischem Anblick, bis ihn Freund und Bruder Siegmund abrief ins Kollegium bei dem Professor Spalanzani. Die Gardine vor dem verhängnisvollen Zimmer war dicht zugezogen, er konnte Olimpia ebenso wenig hier, als die beiden folgenden Tage hindurch in ihrem Zimmer, ent- 25 decken, unerachtet er kaum das Fenster verließ und fortwährend durch Coppolas Perspektiv hinüberschaute. Am dritten Tage wurden sogar die Fenster verhängt. Ganz verzweifelt und getrieben von Sehnsucht und glühendem Verlangen lief er hinaus vors Tor. Olimpias Gestalt schwebte vor ihm her in 30 den Lüften und trat aus dem Gebüsch, und guckte ihn an mit großen strahlenden Augen, aus dem hellen Bach. Claras Bild war ganz aus seinem Innern gewichen, er dachte nichts, als Olimpia und klagte ganz laut und weinerlich: »Ach du mein hoher herrlicher Liebesstern, bist du mir denn nur aufgegan- 35 gen, um gleich wieder zu verschwinden, und mich zu lassen in finstrer hoffnungsloser Nacht?«

Als er zurückkehren wollte in seine Wohnung, wurde er in Spalanzanis Hause ein geräuschvolles Treiben gewahr. Die Türen standen offen, man trug allerlei Geräte hinein, die Fenster des ersten Stocks waren ausgehoben, geschäftige Mägde
5 kehrten und stäubten mit großen Haarbesen hin und her fahrend, inwendig klopften und hämmerten Tischler und Tapezierer. Nathanael blieb in vollem Erstaunen auf der Straße stehen; da trat Siegmund lachend zu ihm und sprach: »Nun, was sagst du zu unserem alten Spalanzani?« Nathanael versi-
10 cherte, daß er gar nichts sagen könne, da er durchaus nichts vom Professor wisse, vielmehr mit großer Verwunderung wahrnehme, wie in dem stillen düstern Hause ein tolles Treiben und Wirtschaften losgegangen; da erfuhr er denn von Siegmund, daß Spalanzani morgen ein großes Fest geben
15 wolle, Konzert und Ball, und daß die halbe Universität eingeladen sei. Allgemein verbreite man, daß Spalanzani seine Tochter Olimpia, die er so lange jedem menschlichen Auge recht ängstlich entzogen, zum erstenmal erscheinen lassen werde.
20 Nathanael fand eine Einladungskarte und ging mit hochklopfendem Herzen zur bestimmten Stunde, als schon die Wagen rollten und die Lichter in den geschmückten Sälen schimmerten, zum Professor. Die Gesellschaft war zahlreich und glänzend. Olimpia erschien sehr reich und geschmack-
25 voll gekleidet. Man mußte ihr schöngeformtes Gesicht, ihren Wuchs bewundern. Der etwas seltsam eingebogene Rücken, die wespenartige Dünne des Leibes schien von zu starkem Einschnüren bewirkt zu sein. In Schritt und Stellung hatte sie etwas Abgemessenes und Steifes, das manchem unangenehm
30 auffiel; man schrieb es dem Zwange zu, den ihr die Gesellschaft auflegte. Das Konzert begann. Olimpia spielte den Flügel mit großer Fertigkeit und trug ebenso eine Bravour-Arie mit heller, beinahe schneidender Glasglockenstimme vor. Nathanael war ganz entzückt; er stand in der hintersten
35 Reihe und konnte im blendenden Kerzenlicht Olimpias Züge nicht ganz erkennen. Ganz unvermerkt nahm er deshalb Coppolas Glas hervor und schaute hin nach der schönen

Olimpia. Ach! – da wurde er gewahr, wie sie voll Sehnsucht nach ihm herübersah, wie jeder Ton erst deutlich aufging in dem Liebesblick, der zündend sein Inneres durchdrang. Die künstlichen Rouladen schienen dem Nathanael das Himmelsjauchzen des in Liebe verklärten Gemüts, und als nun endlich nach der Kadenz der lange Trillo recht schmetternd durch den Saal gellte, konnte er wie von glühenden Ärmen plötzlich erfaßt sich nicht mehr halten, er mußte vor Schmerz und Entzücken laut aufschreien: »Olimpia!« – Alle sahen sich um nach ihm, manche lachten. Der Domorganist schnitt aber noch ein finstreres Gesicht, als vorher und sagte bloß: »Nun nun!« – Das Konzert war zu Ende, der Ball fing an. Mit ihr zu tanzen! – mit ihr! das war nun dem Nathanael das Ziel aller Wünsche, alles Strebens; aber wie sich erheben zu dem Mut, sie, die Königin des Festes, aufzufordern? Doch! – er selbst wußte nicht wie es geschah, daß er, als schon der Tanz angefangen, dicht neben Olimpia stand, die noch nicht aufgefordert worden, und daß er, kaum vermögend einige Worte zu stammeln, ihre Hand ergriff. Eiskalt war Olimpias Hand, er fühlte sich durchbebt von grausigem Todesfrost, er starrte Olimpia ins Auge, das strahlte ihm voll Liebe und Sehnsucht entgegen und in dem Augenblick war es auch, als fingen an in der kalten Hand Pulse zu schlagen und des Lebensblutes Ströme zu glühen. Und auch in Nathanaels Innerm glühte höher auf die Liebeslust, er umschlang die schöne Olimpia und durchflog mit ihr die Reihen. – Er glaubte sonst recht taktmäßig getanzt zu haben, aber an der ganz eignen rhythmischen Festigkeit, womit Olimpia tanzte und die ihn oft ordentlich aus der Haltung brachte, merkte er bald, wie sehr ihm der Takt gemangelt. Er wollte jedoch mit keinem andern Frauenzimmer mehr tanzen und hätte jeden, der sich Olimpia näherte, um sie aufzufordern, nur gleich ermorden mögen. Doch nur zweimal geschah dies, zu seinem Erstaunen blieb darauf Olimpia bei jedem Tanze sitzen und er ermangelte nicht, immer wieder sie aufzuziehen. Hätte Nathanael außer der schönen Olimpia noch etwas anders zu sehen vermocht, so wäre allerlei fataler Zank und Streit unvermeidlich gewesen; denn offenbar ging das halbleise, mühsam unterdrückte Gelächter, was sich in diesem und jenem Winkel unter den jungen Leuten erhob, auf die schöne Olimpia, die sie mit ganz kuriosen Blicken verfolgten, man konnte gar nicht wissen, warum? Durch den Tanz und durch den reichlich genossenen Wein erhitzt, hatte Nathanael alle ihm sonst eigne Scheu abgelegt. Er saß neben Olimpia, ihre Hand in der seinigen und sprach hoch entflammt und begeistert von seiner Liebe in Worten, die keiner verstand, weder er, noch Olimpia. Doch diese vielleicht; denn sie sah ihm unverrückt ins Auge und seufzte einmal übers andere: »Ach – Ach – Ach!« – worauf denn Nathanael also sprach: »O du herrliche, himmlische Frau! – Du Strahl aus dem verheißenen Jenseits der Liebe – Du tiefes Gemüt, in dem sich mein ganzes Sein spiegelt« und noch mehr dergleichen, aber Olimpia seufzte bloß immer wieder: »Ach, Ach!« – Der Professor Spalanzani ging einigemal bei den Glücklichen vorüber und lächelte sie ganz seltsam zufrieden an. Dem Nathanael schien es, unerachtet er sich in einer ganz andern Welt befand, mit einemmal, als würd' es hienieden beim Professor Spalanzani merklich finster; er schaute um sich und wurde zu seinem nicht geringen Schreck gewahr, daß eben die zwei letzten Lichter in dem leeren Saal herniederbrennen und ausgehen wollten. Längst hatten Musik und Tanz aufgehört. »Trennung, Trennung«, schrie er ganz wild und verzweifelt, er küßte Olimpias Hand, er neigte sich zu ihrem Munde, eiskalte Lippen begegneten seinen glühenden! – So wie, als er Olimpias kalte Hand berührte, fühlte er sich von innerem Grausen erfaßt, die Legende von der toten Braut ging ihm plötzlich durch den Sinn; aber fest hatte ihn Olimpia an sich gedrückt, und in dem Kuß schienen die Lippen zum Leben zu erwarmen. – Der Professor Spalanzani schritt langsam durch den leeren Saal, seine Schritte klangen hohl wider und seine Figur, von flackernden Schlagschatten umspielt, hatte ein grauliches gespenstisches Ansehen. »Liebst du mich – Liebst du mich Olimpia? – Nur dies Wort! – Liebst du mich?« So flüsterte Nathanael, aber Olimpia seufzte, indem sie aufstand, nur: »Ach – Ach!« »Ja du mein holder, herrlicher Liebesstern«, sprach Nathanael, »bist mir aufgegangen und wirst leuchten, wirst verklären mein Inneres immerdar!« »Ach, ach!« replizierte Olimpia fortschreitend. Nathanael folgte ihr, sie standen vor dem Professor. »Sie haben sich außerordentlich lebhaft mit meiner Tochter unter- 5 halten«, sprach dieser lächelnd: »Nun, nun, lieber Herr Nathanael, finden Sie Geschmack daran, mit dem blöden Mädchen zu konversieren, so sollen mir Ihre Besuche willkommen sein.« – Einen ganzen hellen strahlenden Himmel in der Brust schied Nathanael von dannen: Spalanzanis Fest war 10 der Gegenstand des Gesprächs in den folgenden Tagen. Unerachtet der Professor alles getan hatte, recht splendid zu erscheinen, so wußten doch die lustigen Köpfe von allerlei Unschicklichem und Sonderbarem zu erzählen, das sich begeben, und vorzüglich fiel man über die todstarre, stumme 15 Olimpia her, der man, ihres schönen Äußern unerachtet, totalen Stumpfsinn andichten und darin die Ursache finden wollte, warum Spalanzani sie so lange verborgen gehalten. Nathanael vernahm das nicht ohne innern Grimm, indessen schwieg er; denn, dachte er, würde es wohl verlohnen, diesen 20 Burschen zu beweisen, daß eben ihr eigner Stumpfsinn es ist, der sie Olimpias tiefes herrliches Gemüt zu erkennen hindert? »Tu mir den Gefallen Bruder«, sprach eines Tages Siegmund, »tu mir den Gefallen und sage, wie es dir gescheuten Kerl möglich war, dich in das Wachsgesicht, in die Holz- 25 puppe da drüben zu vergaffen?« Nathanael wollte zornig auffahren, doch schnell besann er sich und erwiderte: »Sage du mir Siegmund, wie deinem, sonst alles Schöne klar auffassenden Blick, deinem regen Sinn, Olimpias himmlischer Liebreiz entgehen konnte? Doch eben deshalb habe ich, Dank sei 30 es dem Geschick, dich nicht zum Nebenbuhler; denn sonst müßte einer von uns blutend fallen.« Siegmund merkte wohl, wie es mit dem Freunde stand, lenkte geschickt ein, und fügte, nachdem er geäußert, daß in der Liebe niemals über den Gegenstand zu richten sei, hinzu: »Wunderlich ist es 35 doch, daß viele von uns über Olimpia ziemlich gleich urteilen. Sie ist uns – nimm es nicht übel, Bruder! – auf seltsame

Weise starr und seelenlos erschienen. Ihr Wuchs ist regelmä-
ßig, so wie ihr Gesicht, das ist wahr! – Sie könnte für schön
gelten, wenn ihr Blick nicht so ganz ohne Lebensstrahl, ich
möchte sagen, ohne Sehkraft wäre. Ihr Schritt ist sonderbar
5 abgemessen, jede Bewegung scheint durch den Gang eines
aufgezogenen Räderwerks bedingt. Ihr Spiel, ihr Singen hat
den unangenehm richtigen geistlosen Takt der singenden
Maschine und ebenso ist ihr Tanz. Uns ist diese Olimpia ganz
unheimlich geworden, wir mochten nichts mit ihr zu schaffen
10 haben, es war uns als tue sie nur so wie ein lebendiges Wesen
und doch habe sie mit ihr eine eigne Bewandtnis.« – Nathanael
gab sich dem bittern Gefühl, das ihn bei diesen Worten Sieg-
munds ergreifen wollte, durchaus nicht hin, er wurde Herr
seines Unmuts und sagte bloß sehr ernst: »Wohl mag euch,
15 ihr kalten prosaischen Menschen, Olimpia unheimlich sein.
Nur dem poetischen Gemüt entfaltet sich das gleich organi-
sierte! – Nur *mir* ging ihr Liebesblick auf und durchstrahlte
Sinn und Gedanken, nur in Olimpias Liebe finde ich mein
Selbst wieder. Auch mag es nicht recht sein, daß sie nicht in
20 platter Konversation faselt, wie die andern flachen Gemüter.
Sie spricht wenig Worte, das ist wahr; aber diese wenigen
Worte erscheinen als echte Hieroglyphe der innern Welt voll
Liebe und hoher Erkenntnis des geistigen Lebens in der
Anschauung des ewigen Jenseits. Doch für alles das habt ihr
25 keinen Sinn und alles sind verlorne Worte.« »Behüte dich
Gott, Herr Bruder«, sagte Siegmund sehr sanft, beinahe weh-
mütig, »aber mir scheint es, du seist auf bösem Wege. Auf
mich kannst du rechnen, wenn alles – Nein, ich mag nichts
weiter sagen! –« Dem Nathanael war es plötzlich, als meine
30 der kalte prosaische Siegmund es sehr treu mit ihm, er schüt-
telte daher die ihm dargebotene Hand recht herzlich. –

Nathanael hatte rein vergessen, daß es eine Clara in der
Welt gebe, die er sonst geliebt; – die Mutter – Lothar – Alle
waren aus seinem Gedächtnis entschwunden, er lebte nur für
35 Olimpia, bei der er täglich stundenlang saß und von seiner
Liebe, von zum Leben erglühter Sympathie, von psychischer
Wahlverwandtschaft fantasierte, welches alles Olimpia mit

großer Andacht anhörte. Aus dem tiefsten Grunde des Schreibpults holte Nathanael alles hervor, was er jemals geschrieben. Gedichte, Fantasien, Visionen, Romane, Erzählungen, das wurde täglich vermehrt mit allerlei ins Blaue fliegenden Sonetten, Stanzen, Kanzonen, und das alles las er der Olimpia stundenlang hintereinander vor, ohne zu ermüden. Aber auch noch nie hatte er eine solche herrliche Zuhörerin gehabt. Sie stickte und strickte nicht, sie sah nicht durchs Fenster, sie fütterte keinen Vogel, sie spielte mit keinem Schoßhündchen, mit keiner Lieblingskatze, sie drehte kein Papierschnitzchen, oder sonst etwas in der Hand, sie durfte kein Gähnen durch einen leisen erzwungenen Husten bezwingen – Kurz! – Stundenlang sah sie mit starrem Blick unverwandt dem Geliebten ins Auge, ohne sich zu rücken und zu bewegen und immer glühender, immer lebendiger wurde dieser Blick. Nur wenn Nathanael endlich aufstand und ihr die Hand, auch wohl den Mund küßte, sagte sie: »Ach, Ach!« – dann aber: »Gute Nacht, mein Lieber!« – »O du herrliches, du tiefes Gemüt«, rief Nathanael auf seiner Stube: »nur von dir, von dir allein werd' ich ganz verstanden.« Er erbebte vor innerem Entzücken, wenn er bedachte, welch wunderbarer Zusammenklang sich in seinem und Olimpias Gemüt täglich mehr offenbare; denn es schien ihm, als habe Olimpia über seine Werke, über seine Dichtergabe überhaupt recht tief aus seinem Innern gesprochen, ja als habe die Stimme aus seinem Innern selbst herausgetönt. Das mußte denn wohl auch sein; denn mehr Worte als vorhin erwähnt, sprach Olimpia niemals. Erinnerte sich aber auch Nathanael in hellen nüchternen Augenblicken, z. B. morgens gleich nach dem Erwachen, wirklich an Olimpias gänzliche Passivität und Wortkargheit, so sprach er doch: »Was sind Worte – Worte! – Der Blick ihres himmlischen Auges sagt mehr als jede Sprache hienieden. Vermag denn überhaupt ein Kind des Himmels sich einzuschichten in den engen Kreis, den ein klägliches irdisches Bedürfnis gezogen?« – Professor Spalanzani schien hoch erfreut über das Verhältnis seiner Tochter mit Nathanael; er gab diesem allerlei unzweideutige Zeichen

seines Wohlwollens und als es Nathanael endlich wagte von
ferne auf eine Verbindung mit Olimpia anzuspielen, lächelte
dieser mit dem ganzen Gesicht und meinte: Er werde seiner
Tochter völlig freie Wahl lassen. – Ermutigt durch diese
Worte, brennendes Verlangen im Herzen, beschloß Nathanael, gleich am folgenden Tage Olimpia anzuflehen, daß sie
das unumwunden in deutlichen Worten ausspreche, was
längst ihr holder Liebesblick ihm gesagt, daß sie sein Eigen
immerdar sein wolle. Er suchte nach dem Ringe, den ihm
beim Abschiede die Mutter geschenkt, um ihn Olimpia als
Symbol seiner Hingebung, seines mit ihr aufkeimenden blühenden Lebens darzureichen. Claras, Lothars Briefe fielen
ihm dabei in die Hände; gleichgültig warf er sie bei Seite, fand
den Ring, steckte ihn ein und rannte herüber zu Olimpia.
Schon auf der Treppe, auf dem Flur, vernahm er ein wunderliches Getöse; es schien aus Spalanzanis Studierzimmer herauszuschallen. – Ein Stampfen – ein Klirren – ein Stoßen –
Schlagen gegen die Tür, dazwischen Flüche und Verwünschungen. »Laß los – laß los – Infamer – Verruchter! – Darum
Leib und Leben daran gesetzt? – ha ha ha ha! – so haben wir
nicht gewettet – ich, ich hab' die Augen gemacht – ich das
Räderwerk – dummer Teufel mit deinem Räderwerk – verfluchter Hund von einfältigem Uhrmacher – fort mit dir –
Satan – halt – Puppendreher – teuflischer Bestie! – halt – fort –
laß los!« – Es waren Spalanzanis und des gräßlichen Coppelius Stimmen, die so durcheinander schwirrten und tobten.
Hinein stürzte Nathanael von namenloser Angst ergriffen.
Der Professor hatte eine weibliche Figur bei den Schultern
gepackt, der Italiener Coppola bei den Füßen, die zerrten und
zogen sie hin und her, streitend in voller Wut um den Besitz.
Voll tiefen Entsetzens prallte Nathanael zurück, als er die
Figur für Olimpia erkannte; aufflammend in wildem Zorn
wollte er den Wütenden die Geliebte entreißen, aber in dem
Augenblick wand Coppola sich mit Riesenkraft drehend die
Figur dem Professor aus den Händen und versetzte ihm mit
der Figur selbst einen fürchterlichen Schlag, daß er rücklings
über den Tisch, auf dem Phiolen, Retorten, Flaschen, glä-

serne Zylinder standen, taumelte und hinstürzte; alles Gerät klirrte in tausend Scherben zusammen. Nun warf Coppola die Figur über die Schulter und rannte mit fürchterlich gellendem Gelächter rasch fort die Treppe herab, so daß die häßlich herunterhängenden Füße der Figur auf den Stufen hölzern klapperten und dröhnten. – Erstarrt stand Nathanael – nur zu deutlich hatte er gesehen, Olimpias toderbleichtes Wachsgesicht hatte keine Augen, statt ihrer schwarze Höhlen; sie war eine leblose Puppe. Spalanzani wälzte sich auf der Erde, Glasscherben hatten ihm Kopf, Brust und Arm zerschnitten, wie aus Springquellen strömte das Blut empor. Aber er raffte seine Kräfte zusammen. – »Ihm nach – ihm nach, was zauderst du? – Coppelius – Coppelius, mein bestes Automat hat er mir geraubt – Zwanzig Jahre daran gearbeitet – Leib und Leben daran gesetzt – das Räderwerk – Sprache – Gang – mein – die Augen – die Augen dir gestohlen. – Verdammter – Verfluchter – ihm nach – hol mir Olimpia – da hast du die Augen! –« Nun sah Nathanael, wie ein Paar blutige Augen auf dem Boden liegend ihn anstarrten, die ergriff Spalanzani mit der unverletzten Hand und warf sie nach ihm, daß sie seine Brust trafen. – Da packte ihn der Wahnsinn mit glühenden Krallen und fuhr in sein Inneres hinein Sinn und Gedanken zerreißend. »Hui – hui – hui! – *Feuerkreis – Feuerkreis!* dreh dich *Feuerkreis* – lustig – lustig! – Holzpüppchen hui schön Holzpüppchen dreh dich –«, damit warf er sich auf den Professor und drückte ihm die Kehle zu. Er hätte ihn erwürgt, aber das Getöse hatte viele Menschen herbeigelockt, die drangen ein, rissen den wütenden Nathanael auf und retteten so den Professor, der gleich verbunden wurde. Siegmund, so stark er war, vermochte nicht den Rasenden zu bändigen; der schrie mit fürchterlicher Stimme immer fort: »Holzpüppchen dreh dich« und schlug um sich mit geballten Fäusten. Endlich gelang es der vereinten Kraft mehrerer, ihn zu überwältigen, indem sie ihn zu Boden warfen und banden. Seine Worte gingen unter in entsetzlichem tierischen Gebrüll. So in gräßlicher Raserei tobend wurde er nach dem Tollhause gebracht. –

Ehe ich, günstiger Leser! Dir zu erzählen fortfahre, was sich weiter mit dem unglücklichen Nathanael zugetragen, kann ich Dir, solltest Du einigen Anteil an dem geschickten Mechanicus und Automat-Fabrikanten Spalanzani nehmen, versichern, daß er von seinen Wunden völlig geheilt wurde. Er mußte indes die Universität verlassen, weil Nathanaels Geschichte Aufsehen erregt hatte und es allgemein für gänzlich unerlaubten Betrug gehalten wurde, vernünftigen Teezirkeln (Olimpia hatte sie mit Glück besucht) statt der lebendigen Person eine Holzpuppe einzuschwärzen. Juristen nannten es sogar einen feinen und um so härter zu bestrafenden Betrug, als er gegen das Publikum gerichtet und so schlau angelegt worden, daß kein Mensch (ganz kluge Studenten ausgenommen) es gemerkt habe, unerachtet jetzt alle weise tun und sich auf allerlei Tatsachen berufen wollten, die ihnen verdächtig vorgekommen. Diese letzteren brachten aber eigentlich nichts Gescheutes zu Tage. Denn konnte z. B. wohl irgend jemanden verdächtig vorgekommen sein, daß nach der Aussage eines eleganten Teeisten Olimpia gegen alle Sitte öfter genieset, als gegähnt hatte? Ersteres, meinte der Elegant, sei das Selbstaufziehen des verborgenen Triebwerks gewesen, merklich habe es dabei geknarrt u. s. w. Der Professor der Poesie und Beredsamkeit nahm eine Prise, klappte die Dose zu, räusperte sich und sprach feierlich: »Hochzuverehrende Herren und Damen! merken Sie denn nicht, wo der Hase im Pfeffer liegt? Das Ganze ist eine Allegorie – eine fortgeführte Metapher! – Sie verstehen mich! – Sapienti sat!« Aber viele hochzuverehrende Herren beruhigten sich nicht dabei; die Geschichte mit dem Automat hatte tief in ihrer Seele Wurzel gefaßt und es schlich sich in der Tat abscheuliches Mißtrauen gegen menschliche Figuren ein. Um nun ganz überzeugt zu werden, daß man keine Holzpuppe liebe, wurde von mehrern Liebhabern verlangt, daß die Geliebte etwas taktlos singe und tanze, daß sie beim Vorlesen sticke, stricke, mit dem Möpschen spiele u. s. w., vor allen Dingen aber, daß sie nicht bloß höre, sondern auch manchmal in *der* Art spreche, daß dies Sprechen wirklich ein Denken und

Empfinden voraussetze. Das Liebesbündnis vieler wurde fester und dabei anmutiger, andere dagegen gingen leise auseinander. »Man kann wahrhaftig nicht dafür stehen«, sagte dieser und jener. In den Tees wurde unglaublich gegähnt und niemals genieset, um jedem Verdacht zu begegnen. – Spalanzani mußte, wie gesagt, fort, um der Kriminaluntersuchung wegen der menschlichen Gesellschaft betrüglicher Weise eingeschobenen Automats zu entgehen. Coppola war auch verschwunden. –

Nathanael erwachte wie aus schwerem, fürchterlichem Traum, er schlug die Augen auf und fühlte wie ein unbeschreibliches Wonnegefühl mit sanfter himmlischer Wärme ihn durchströmte. Er lag in seinem Zimmer in des Vaters Hause auf dem Bette, Clara hatte sich über ihn hingebeugt und unfern standen die Mutter und Lothar. »Endlich, endlich, o mein herzlieber Nathanael – nun bist du genesen von schwerer Krankheit – nun bist du wieder mein!« – So sprach Clara recht aus tiefer Seele und faßte den Nathanael in ihre Arme. Aber dem quollen vor lauter Wehmut und Entzücken die hellen glühenden Tränen aus den Augen und er stöhnte tief auf: »Meine – meine Clara!« – Siegmund, der getreulich ausgeharrt bei dem Freunde in großer Not, trat herein. Nathanael reichte ihm die Hand: »Du treuer Bruder hast mich doch nicht verlassen.« – Jede Spur des Wahnsinns war verschwunden, bald erkräftigte sich Nathanael in der sorglichen Pflege der Mutter, der Geliebten, der Freunde. Das Glück war unterdessen in das Haus eingekehrt; denn ein alter karger Oheim, von dem niemand etwas gehofft, war gestorben und hatte der Mutter nebst einem nicht unbedeutenden Vermögen ein Gütchen in einer angenehmen Gegend unfern der Stadt hinterlassen. Dort wollten sie hinziehen, die Mutter, Nathanael mit seiner Clara, die er nun zu heiraten gedachte, und Lothar. Nathanael war milder, kindlicher geworden, als er je gewesen und erkannte nun erst recht Claras himmlisch reines, herrliches Gemüt. Niemand erinnerte ihn auch nur durch den leisesten Anklang an die Vergangenheit. Nur, als Siegmund von ihm schied, sprach Nathanael:

»Bei Gott Bruder! ich war auf schlimmen Wege, aber zu rechter Zeit leitete mich ein Engel auf den lichten Pfad! – Ach es war ja Clara! –« Siegmund ließ ihn nicht weiter reden, aus Besorgnis, tief verletzende Erinnerungen möchten ihm zu hell und flammend aufgehen. – Es war an der Zeit, daß die vier glücklichen Menschen nach dem Gütchen ziehen wollten. Zur Mittagsstunde gingen sie durch die Straßen der Stadt. Sie hatten manches eingekauft, der hohe Ratsturm warf seinen Riesenschatten über den Markt. »Ei!« sagte Clara, »steigen wir doch noch einmal herauf und schauen in das ferne Gebirge hinein!« Gesagt, getan! Beide, Nathanael und Clara, stiegen herauf, die Mutter ging mit der Dienstmagd nach Hause, und Lothar, nicht geneigt, die vielen Stufen zu erklettern, wollte unten warten. Da standen die beiden Liebenden Arm in Arm auf der höchsten Galerie des Turmes und schauten hinein in die duftigen Waldungen, hinter denen das blaue Gebirge, wie eine Riesenstadt, sich erhob.

»Sieh doch den sonderbaren kleinen grauen Busch, der ordentlich auf uns los zu schreiten scheint«, frug Clara. – Nathanael faßte mechanisch nach der Seitentasche; er fand Coppolas Perspektiv, er schaute seitwärts – Clara stand vor dem Glase! – Da zuckte es krampfhaft in seinen Pulsen und Adern – totenbleich starrte er Clara an, aber bald glühten und sprühten Feuerströme durch die rollenden Augen, gräßlich brüllte er auf, wie ein gehetztes Tier; dann sprang er hoch in die Lüfte und grausig dazwischen lachend schrie er in schneidendem Ton: »Holzpüppchen dreh dich – Holzpüppchen dreh dich« – und mit gewaltiger Kraft faßte er Clara und wollte sie herabschleudern, aber Clara krallte sich in verzweifelnder Todesangst fest an das Geländer. Lothar hörte den Rasenden toben, er hörte Claras Angstgeschrei, gräßliche Ahnung durchflog ihn, er rannte herauf, die Tür der zweiten Treppe war verschlossen – stärker hallte Claras Jammergeschrei. Unsinnig vor Wut und Angst stieß er gegen die Tür, die endlich aufsprang – Matter und matter wurden nun Claras Laute: »Hülfe – rettet – rettet –«, so erstarb die Stimme in den Lüften. »Sie ist hin – ermordet von dem Rasenden«, so schrie

Lothar. Auch die Tür zur Galerie war zugeschlagen. – Die Verzweiflung gab ihm Riesenkraft, er sprengte die Tür aus den Angeln. Gott im Himmel – Clara schwebte von dem rasenden Nathanael erfaßt über der Galerie in den Lüften – nur mit einer Hand hatte sie noch die Eisenstäbe umklammert. Rasch wie der Blitz erfaßte Lothar die Schwester, zog sie hinein, und schlug in demselben Augenblick mit geballter Faust dem Wütenden ins Gesicht, daß er zurückprallte und die Todesbeute fahrenließ.

Lothar rannte herab, die ohnmächtige Schwester in den Armen. – Sie war gerettet. – Nun raste Nathanael herum auf der Galerie und sprang hoch in die Lüfte und schrie: »*Feuerkreis* dreh dich – *Feuerkreis* dreh dich« – Die Menschen liefen auf das wilde Geschrei zusammen; unter ihnen ragte riesengroß der Advokat Coppelius hervor, der eben in die Stadt gekommen und gerades Weges nach dem Markt geschritten war. Man wollte herauf, um sich des Rasenden zu bemächtigen, da lachte Coppelius sprechend: »Ha ha – wartet nur, der kommt schon herunter von selbst«, und schaute wie die übrigen hinauf. Nathanael blieb plötzlich wie erstarrt stehen, er bückte sich herab, wurde den Coppelius gewahr und mit dem gellenden Schrei: »Ha! Sköne Oke – Sköne Oke«, sprang er über das Geländer. –

Als Nathanael mit zerschmettertem Kopf auf dem Steinpflaster lag, war Coppelius im Gewühl verschwunden. –

Nach mehreren Jahren will man in einer entfernten Gegend Clara gesehen haben, wie sie mit einem freundlichen Mann, Hand in Hand vor der Türe eines schönen Landhauses saß und vor ihr zwei muntre Knaben spielten. Es wäre daraus zu schließen, daß Clara das ruhige häusliche Glück noch fand, was ihrem heitern lebenslustigen Sinn zusagte und das ihr der im Innern zerrissene Nathanael niemals hätte gewähren können.

Anhang

Editorische Notiz

Der Text der vorliegenden Ausgabe folgt dem Erstdruck:

Nachtstücke herausgegeben von dem Verfasser der Fantasiestücke in Callots Manier. Erster Theil. Berlin, 1817 [erschienen Ende 1816]. In der Realschulbuchhandlung. [Der Sandmann S. 1–82.]

Die Orthographie wurde bei Wahrung des Lautstands und sprachlich-stilistischer Eigenheiten behutsam dem heutigen Gebrauch angeglichen. Die Interpunktion blieb gewahrt.

An folgenden Stellen wurde die Fassung der Druckvorlage nach dem Manuskript Hoffmanns korrigiert:

14,27 dunkle psychische Macht] dunkle physische Macht
18,21 Klimax] Climax
21,26 Geheimnisse nicht] Geheimnisse
22,23 f. aufgegangen] aufgefangen
35,24 Puppendreher] Peipendreher

Zwei längere Passagen der Handschrift wurden vor dem Druck gestrichen; da sie für Hoffmanns Arbeitsweise und die Deutung des *Sandmanns* wichtig sind, werden sie hier ganz wiedergegeben, und zwar in der Transkription von Ulrich Hohoff (*E.T.A. Hoffmann: Der Sandmann. Textkritik, Edition, Kommentar*, Berlin / New York 1988, S. 26–28 und 138–145), dessen synoptische Präsentation, die alle Eingriffe Hoffmanns vorführt, allerdings der besseren Lesbarkeit wegen vereinfacht wiedergegeben wird. Dabei erscheinen in eckigen Klammern Wörter, die Hoffmann in einer ersten Bearbeitung gestrichen hatte. Wo ein Zeilenende in der Handschrift evtl. der Grund für ein fehlendes Satzzeichen ist, wurde dies durch einen Schrägstrich angedeutet. Zusätze des Herausgebers sind kursiv gesetzt.

10,17 f. *Coppelius ... habe die Stadt verlassen:*
Wie gesagt, Coppelius ließ sich nicht mehr sehen, mein Vater schien unbefangen und heiter, nicht mit einer Sylbe wurde [des Vorfalls gedacht] meiner Neugierde, die ich so schwer büßen mußte erwähnt. – Ich war vierzehn, meine [kleine] jüngste Schwester, der Mutter treues Ebenbild, anmutig, sanft und gut wie sie, sechs Jahr alt worden, ich liebte sie sehr, und so geschah es, daß ich oft mit ihr spielte. So saß ich einst mit ihr in unserer ziemlich einsamen Straße vor der Hausthür, und ließ die Puppen miteinander sprechen, so daß sie in kindischer Lust lachte und jauchzte / Da stand mit einem Mahl der verhaßte Coppelius vor uns – Was wollen Sie hier? – Sie haben hier nichts zu suchen – gehen Sie – gleich gehen Sie – So fuhr ich den

43

Menschen an, und stellte mich wie kampflustig vor ihn hin – Hoho hoho klein Bestie – lachte er hämisch, aber er schien nicht ohne Scheu vor meiner kleinen Person. Doch schnell, ehe ich mir's versah, ergriff er meine kleine Schwester [und fuhr ihr mit den Fäusten nach dem Gesicht] – Da schlug ich ihn [mit geballter Faust] nach dem Gesicht – er hatte sich gebückt – ich traf ihn schmerzlich – mit wüthendem Blick fuhr er auf mich loß – ich schrie Hülfe – Hülfe – des Nachbars Brauers Knecht sprang vor die Thür, Hey Hey – hey – der tolle Advokat – der tolle Coppelius – macht euch über ihn her macht euch über ihn her – so rief es und stürmte von allen Seiten auf ihn ein – er floh gehetzt über die Straße – Aber nicht lange dauerte es, so fingen meinem Schwester-lein die Augen an zu schmerzen, Geschwüre, unheilbar sezten sich dran – in drey Wochen war sie blind – drey Wochen darauf vom Nervenschlag getroffen todt – ›Die hat der teuflische Sandmann ermordet – Vater – Vater – gieb ihn bey der Obrigkeit an, den ver-ruchten Morder! – so schrie ich unaufhörlich. Der Vater schalt mich heftig und bewies mir, daß ich was unsiniges behaupte, aber in dem Jammerblicke der trostlosen Mutter las ich nur zu deutlich, daß [eine] sie dieselbe Ahnung in [ihr wohne] innern trage. – Es hieß, Coppelius habe die Stadt verlassen.

39,14 *Da standen die beiden Liebenden:*
Da standen die beiden Liebenden Arm und Arm auf der Gallerie, und schauten hinein in ferne duftige Waldungen, und [sahen] verfolgten mit seehnsüchtigem blick wie der Strom in silbernen Windungen sich durch die blumen / flure schlängelte »Was mag das für ein kleines [weißes] graues [*zuerst:* Haus, *dann:* Häubchen] Thurmchen seyn, was dort ligt – ach – es bewegt sich ja – schau doch hin Nathanael? – Nathanael faßte mechanisch nach der Seitentasche – er fand Coppolas Perspektiv – er schaute seitwärts, Clara stand vor dem Glase. Da glühte und zuckte es in seinen Pulsen und Adern – Feuerströme glüh-ten und sprühten durch die rollenden Augen – gräßlich brüllte er auf wie ein gehetztes Thier, aber dann sprang er hoch in die lüfte und schrie in schneidendem Ton, entsezlich dazwischen / lachend: Holz-püpchen dreh' dich – Holzpüpchen dreh dich – Und mit gewaltiger Kraft faßte er Clara und wollte sie hinabschleudern [übers Geländer], aber Clara krallte sich in verzweifelter TodesAngst fest an das Gelän-der – Lothar hörte ihr Geschrey, eine gräßliche Ahnung durchflog ihn – er rannte herauf – die Thüre der zweiten Treppe war verschlossen, Claras Jammergeschrey hallte – stärker – und stärker Unsinnig vor Wuth [Entsetzen] und Angst schlug er dagegen – sie wich seinem [kräftigen] verdoppelten Stoßen – Matter tönten Clara's Laute – her-auf immer fort herauf – auch die Thür zur Gallerie war verschlossen –

44

Hülfe – Rettung – Hülfe Hülfe – So erstarb beinahe [erstarben] [schon] Claras [TodesLaute] Rufen – Sie ist hin – Sie ist hin – gemordet vom Rasenden – so schrie Lothar – die Verzweiflung gab ihm Riesenkraft – mit [ganzem Leibe] voller Stärke gegen die Thüre drängend riß er sie aus den Angeln – Gott im Himmel! – Nathanael hatte Claras rechte Hand losgemacht vom Geländer sie hing [über dem Geländer] mit [*unleserliches Wort*] Leibe heraus ins Freye – das Kleid flatterte in den Luften – Aber in dem Augenblick faßte mit der einen Hand Lothar die Schwester und schlug mit geballter Faust dem rasenden Nathanael ins Gesicht daß er zurückprallte – Mit der Schnelligkeit des Blitzes rannte Lothar die ohnmächtige [Schwester] Clara in den Armen herab. Sie war gerettet –

Nun raste Nathanael herum auf der Gallerie, da rief eine widerwärtige Stime von unten herauf: Ey Ey – Kleine Bestie – willst Augen machen lernen – wirf mir dein Holzpüpchen zu! – wirf mir dein Holzpüpchen zu – – es war das klein grau Thürmchen, was Clara geschaut – aber nicht ein Thürmchen – der Advokat Coppelius stand unten am Thurm und schaute und rief so herauf – Nathanael erblickte den Coppelius und lachte: ha ha ha – Sköne Oke – Sköne Oke – Kauf sie dir ab – Kauf sie dir ab – Komm' schon – Komm schon! – Und damit sprang er über das Geländer! –

Als Nathanael mit zerschmettertem Gehirn [unten] auf [der Straße] dem Steinpflaster lag, war Coppelius unter den Menschen, die sich um den Todten versammelten, verschwunden.

Nach mehreren Jahren will man in einer entfernten Gegend Clara gesehen haben, wie sie mit einem freundlichen Manne Hand in Hand vor der Thüre eines schönen Landhauses saß, und vor ihr her zwey muntre goldlockigte Knaben spielten. Es wäre daraus zu schließen, daß sie das ruhige häusliche Glück noch fand, das ihrem heitern, lebenslustigen Sinn zusagte, und das ihr der im Innern zerrißene Nathanael niemahls gewähren konte.

Anmerkungen

3,24 *für einen aberwitzigen Geisterseher:* Ein Geisterseher ist jemand, der statt realer Gegebenheiten ›Geister sieht‹, d. h. für wirklich hält, was seiner Einbildung entstammt. Das Attribut »aberwitzig« kennzeichnet diesen als unvernünftig (›ohne Witz‹) und unbesonnen. Der Geisterseher von Berufs wegen besitzt hingegen die Fähigkeit, Übersinnliches wahrzunehmen und Geister in Erscheinung treten zu lassen; darauf hebt der Titelbegriff von Schillers Roman *Der Geisterseher* (1787) ab, den Hoffmann sehr geschätzt und in seinem Nachtstück *Das Majorat* erzählerisch verwertet hat.

3,28 *Wetterglashändler:* Das Wetterglas ist ein dem Barometer vergleichbares, jedoch auf recht zweifelhaften physikalischen Voraussetzungen beruhendes Instrument zur Prognose des Wetters.

4,10 *wie Franz Moor den Daniel:* In Schillers *Die Räuber*, V. 1, erzählt Franz Moor dem Diener Daniel seine schuldbeladenen Alpträume – mit der Bitte, er möge ihn, um diese zu verscheuchen, »derb aus[lachen]«.

4,12 f. *mein Geschwister:* damals noch gebräuchlicher kollektiver Singular, der Brüder wie Schwestern umfaßt. Daß es sich um letztere handelt, geht aus Nathanaels Bericht vom Tod des Vaters hervor: »um ihn herum heulten und winselten die Schwestern« (11,16 f.).

5,1 f. *kindischen Gemüt:* kindlichen Gemüt.

5,13 *Atzung:* Fütterung von Raubvögeln.

7,7 *gucke ich behutsam hervor:* Hoffmann zeichnete diese Szene (s. Titelblatt), wozu sein Biograph Julius Eduard Hitzig (*Aus Hoffmanns Leben und Nachlaß*, Berlin 1823, Bd. 1, S. XVI) bemerkt: »Aus den Handzeichnungen ausgesucht, um zu zeigen, wie Hoffmann die Gestalten, die er auftreten ließ, lebendig vor sich stehn sah. Er erzählte dem Herausgeber den Inhalt des Sandmanns [...] und warf, während des Sprechens, die Scene [...] auf ein vor ihm liegendes Stück Aktenpapier.«

7,10 *Coppelius:* Den beiden Namen Coppelius (lat.) und Coppola (ital.; vgl. 11,37), liegt die ital. Wurzel *cop-* zugrunde; ital. *coppo* bedeutet ›Becher, Schale‹, im übertragenen Sinn auch ›Augenhöhle‹, womit das zentrale Augenmotiv über die Eigennamen fortgeführt wird. Insofern das Diminutiv *coppella* den ›Schmelztiegel‹ bezeichnet, in dem u. a. die Alchimisten Stoffe voneinander scheiden, verweist der Name des Advokaten auch auf die nächtliche Laborszene, in der Nathanael »Menschengesichter« ohne Augen zu sehen glaubte (9,10).

7,26 *Kleblocken:* waagerechte Haarrollen, die seitlich an die Perücke geklebt waren.

7,27 *Haarbeutel:* Beutel aus Seide, in den die gepuderten Nackenhaare mit Bändern oder einer Samtschleife eingebunden wurden, damit der Rock nicht beschmutzt werde. Als mit der Französischen Revolution (1789) das Pudern der Perücke aus der Mode kam, verlor der Haarbeutel seine Funktion.

8,16 f. *durfte nur leise andeuten:* brauchte nur leise anzudeuten.

9,30 *lispelte:* flüsterte.

10,13 *Blödigkeit:* Schwäche, Gebrechlichkeit.

10,17 f. *Coppelius ... habe die Stadt verlassen:* Zum Text der Handschrift, der an dieser Stelle von Hoffmann gestrichen wurde, s. hier S. 43 f.

11,36 f. *piemontesischen Mechanicus:* Hersteller physikalischer Instrumente, der über besondere handwerkliche Fähigkeiten verfügt. Piemonte ist eine Provinz Norditaliens (Hauptstadt Turin).

13,19 *alchymistische Versuche:* Die Alchemie (nach ihrer arabischen Herkunft auch Alchymie, Alchimie) wurde zu Hoffmanns Zeiten durchaus noch praktiziert, erlebte aber ihre Blütezeit im späten Mittelalter. Ihre zahlreichen Anhänger bemühten sich um die Veredlung anorganischer Stoffe, wie die Gewinnung von Gold aus minderwertigen Metallen. Daneben verfolgten sie auch ein spirituelles Ziel: die Entdeckung des Steins der Weisen, der ihnen die innersten Zusammenhänge im Kosmos offenbaren sollte. In alchimistischen Traktaten wird der »lapis philosophorum« oft mit dem Lebenselixier bzw. dem Homunculus gleichgesetzt, jenem in der Retorte erzeugten Menschlein. Claras Vermutung, daß »des Vaters Gemüt ganz von dem trügerischen Drange nach hoher Weisheit erfüllt« gewesen sei (13,22 f.), paßt von daher zur Beobachtung des jungen Nathanael, bei den Experimenten gehe es um die Konstruktion von Menschen: das tiefste Geheimnis der Natur.

14,27 *die dunkle psychische Macht:* Wortlaut nach der Handschrift; der Erstdruck hat »physische Macht«, was für die Argumentation Claras (Lothars) keinen Sinn ergibt.

15,32 f. *distinguieren:* unterscheiden.

15,34 *logische Collegia:* Vorlesungen über Logik.

16,5 f. *Spalanzani:* Anspielung auf den italienischen Naturforscher Lazzaro Spallanzani (1729–99), der sich, als Anatom, Physiologe und Embryologe, mit der Theorie der Urzeugung auseinandersetzte und mit der künstlichen Befruchtung von Fröschen und Hunden befaßte. Diese Experimente, die ihm aus C.A.F. Kluges *Versuch*

einer Darstellung des animalischen Magnetismus als Heilmittel,
Berlin 1811, bekannt waren, dürfte Hoffmann assoziiert haben, als
er dem Schöpfer einer künstlichen Frau den Namen Spalanzani
gab. Als »Professor der Physik« ist dieser nicht nur auf dem enge-
ren Gebiet der Physik tätig, sondern im ursprünglichen Sinn des
Wortes in der gesamten Naturkunde bewandert.

16,9 f. *kein ehrlicher:* kein rechtmäßiger, rechter.

16,18 *Cagliostro:* Alessandro Graf von C., eigentlich Giuseppe Bal-
samo (1743–95), Magier und Abenteurer, vermochte sich mit
durchtriebener Scharlatanerie Zugang zu den höchsten gesell-
schaftlichen Kreisen zu verschaffen. Nach seiner Verwicklung in
die Halsbandaffäre um die französische Königin Marie Antoinette
wurde er 1786 aus Paris ausgewiesen.

16,19 *Chodowiecki:* Daniel Nikolaus Ch. (1726–1801), Maler,
Zeichner und Kupferstecher, schuf Szenen aus der Gesellschaft
seiner Zeit in über tausend Illustrationen für Buchausgaben, Alma-
nache und Taschenkalender. Seine Darstellung Cagliostros findet
sich im *Berliner genealogischen Kalender auf das Jahr 1789* als
11. Blatt aus der Serie »Modethorheiten«.

18,21 *Klimax:* rhetorische Figur (griech. *klimax,* f. [!] ›Leiter,
Treppe‹): stufenweise Steigerung.

18,22 *medias in res:* (lat.) mitten hinein in die Dinge, gleich zur
Sache; Horaz verlangt in seiner *Dichtkunst (De arte poetica,*
V. 148 f.) vom epischen Dichter, daß er »den Hörer gleich mitten
ins Geschehen (*in medias res* [!]) versetzt.«

19,25 f. *von Battonischem Kolorit:* Die »Büßende Magdalena« des
spätbarocken Malers Pompeo Girolamo Battoni (1708–87) sah
Hoffmann in der Dresdner Gemäldegalerie; sein »Entzücken« über
das Bild teilte er Hippel in seinem Brief vom 26. 8. 1798 mit.

19,28 *Ruisdael:* Jacob van R. (1628/9–82), niederländischer Land-
schaftsmaler, übte starke Wirkung auf die Malerei der deutschen
Romantik aus.

19,30 *Meister:* in der Handschrift: Musiker.

21,3 *Willkür:* Freiheit, freies Ermessen.

24,4 f. *»Du lebloses, verdammtes Automat!«:* Hoffmann verwendet
das damals gebräuchliche Neutrum (das Automat). Der Plural *Die
Automate* bildet den Titel seiner später in *Die Serapions-Brüder*
(2. Bd.) aufgenommenen Erzählung von 1814.

24,20 *Stoßrapieren:* Das Stoßrapier, eine Fechtwaffe mit schmaler,
gerader Klinge, dem Florett vergleichbar, wurde im 19. Jh. nur
noch an den Universitäten Erlangen und Jena zum Fechten verwendet.

26,24 *sköne Oke:* Die Aussprache soll den Deutsch radebrechenden Italiener charakterisieren; »Oke« ist an ital. *occhi* ›Augen‹ angelehnt.

26,28 *Lorgnetten:* Brillen mit Stielgriff.

27,9 *Perspektive:* kleine Fernrohre (auch ausziehbar).

27,13 f. *Coppelii ... Revenant:* des Coppelius (wiederkehrender) Geist, Gespenst.

27,35 *Tre Zechini:* drei Zechinen (alte venezianische Goldmünzen).

30,4 *Rouladen:* schnell rollende Läufe zur Ausschmückung der Melodie.

30,6 *Kadenz:* virtuose Schlußimprovisation des Solisten bei gleichzeitigem Schweigen der Begleitinstrumente.
Trillo: (ital.) Triller.

31,28 f. *die Legende von der toten Braut:* Die Vampirsage, die in dieser Variante vom nächtlichen Besuch einer Toten bei ihrem Geliebten berichtet, hat Goethe in seiner Ballade »Die Braut von Korinth« (1798) gestaltet.

32,7 *blöden:* schüchternen, scheuen.

32,12 *splendid:* freigebig, glanzvoll.

33,22 *Hieroglyphe:* (griech. ›heilige Einritzung‹) Geheimzeichen; von Novalis bis Eichendorff ein Kernbegriff der Romantik, mit dem Elemente der die tiefsten Geheimnisse ausdrückenden Bildersprache bezeichnet wurden.

34,5 *Sonetten, Stanzen, Kanzonen:* romanische Gedichtarten und Strophenformen.

34,12 *durfte:* mußte, brauchte ... zu.

35,24 *Puppendreher:* Wortlaut nach dem Manuskript, im Erstdruck »Peipendreher«. Ein Puppendreher drechselt Holzpuppen.

35,37 *Phiolen:* kugelförmige Glasflaschen mit langem Hals.

37,10 *einzuschwärzen:* einzuschmuggeln.

37,26 f. *eine fortgeführte Metapher:* Als solche wird in der Rhetorik die Allegorie definiert; vgl. Quintilian, *Institutio oratoria* 9,2,46. Damit mißt der Professor für Poesie und Beredsamkeit, seinem Fachgebiet gemäß, der »Geschichte mit dem Automat« nur übertragene Bedeutung bei, bestreitet also, daß sie sich ›eigentlich‹ begeben habe.

37,27 *Sapienti sat!:* (lat.) Dem Verständigen genügt's; das reicht für den Kenner!

38,8 f. *Coppola war auch verschwunden:* In der Handschrift folgt an dieser Stelle noch der Satz: »Am Ende war es doch wohl der gräßliche Sandmann Coppelius.« Die Vermutung hätte nicht in den ironisch-nüchternen Erzählerbericht gepaßt; darüber hinaus unter-

streicht die Tilgung des Satzes, daß Hoffmann eine zu simple Iden-
tifizierung Coppolas mit dem »Sandmann Coppelius« vermeiden
wollte.

39,14 *Da standen die beiden Liebenden:* Ab hier weicht die Druckfassung von der Handschrift ab, s. S. 44 ff. (vgl. dazu das Nach-
wort, S. 65).

Literaturhinweise

Ausgaben

Nachtstücke. Herausgegeben von dem Verfasser der Fantasiestücke in Callots Manier. 2 Teile. Berlin: Realschulbuchhandlung, 1817. [Tl. 1 erschien bereits Ende 1816.]

E.T.A. Hoffmanns Sämtliche Werke. Hist.-krit. Ausg. mit Einl., Anm. und Lesarten von Carl Georg von Maassen. Bd. 3.: Nachtstücke. Mit 9 Bildbeigaben und einem Faksimile. München/Leipzig: Georg Müller, 1909. [2]1912.

E.T.A. Hoffmann: Fantasie- und Nachtstücke. Fantasiestücke in Callots Manier. Nachtstücke. Seltsame Leiden eines Theater-Direktors. Nach dem Text der Erstdrucke, unter Hinzuziehung der Ausg. von Carl Georg von Maassen und Georg Ellinger, hrsg. und mit einem Nachw. vers. von Walter Müller-Seidel, mit Anm. von Wolfgang Kron und den Illustrationen von Theodor Hosemann zur ersten Gesamtausgabe von 1844/45. München: Winkler, 1960.

E.T.A. Hoffmann: Sämtliche Werke in 6 Bänden. Hrsg. von Wulf Segebrecht und Hartmut Steinecke unter Mitarb. von Gerhard Allroggen und Ursula Segebrecht. Bd. 3: Nachtstücke, Klein Zaches, Prinzessin Brambilla, Werke 1816–1820. Hrsg. von H. Steinecke unter Mitarb. von G. Allroggen. Frankfurt a. M.: Deutscher Klassiker Verlag, 1985.

Hohoff, Ulrich: E.T.A. Hoffmann: »Der Sandmann«. Textkritik, Edition, Kommentar. Berlin / New York 1988.

E.T.A. Hoffmann: Nachtstücke. Hrsg. von Gerhard R. Kaiser. Stuttgart: Reclam, 1990. (Reclams Universal-Bibliothek. 154 [5].)

Quellen und Materialien

Brentano, Clemens: Godwi oder Das steinerne Bild der Mutter. Ein verwilderter Roman von Maria. In: C. B.: Werke. Hrsg. von Wolfgang Frühwald und Friedhelm Kemp. Bd. 2. München 1963. 3., durchges. Aufl. 1980.

Hoffmann, E.T.A.: Die Serapions-Brüder. Gesammelte Erzählungen und Märchen. Nach dem Text der Erstausgabe (1819–21) [...] mit einem Nachw. von Walter Müller-Seidel und Anm. von Wulf Segebrecht. München 1963. [4]1979.

– Briefwechsel. Ges. und erl. von Hans von Müller und Friedrich Schnapp. Bd. 2. Berlin 1814–1822. München 1968.

E.T.A. Hoffmann. Hrsg. von Friedrich Schnapp. München 1974. (Dichter über ihre Dichtungen. 13.)

Das kalte Herz. Texte der Romantik. Ausgew. und interpr. von Manfred Frank. Frankfurt a. M. 1978.

Kluge, Carl Alexander Ferdinand: Versuch einer Darstellung des animalischen Magnetismus als Heilmittel. Berlin 1811.

Die lebendige Puppe. Erzählungen aus der Zeit der Romantik. Hrsg. und mit einem Nachw. von Rudolf Drux. Frankfurt a. M. 1986.

Novalis: Schriften. Bd. 3: Das philosophische Werk II. Hrsg. von Richard Samuel in Zsarb. mit Hans-Joachim Mähl und Gerhard Schulz. Stuttgart 1968. S. 595–653. [Aufzeichnungen vorwiegend naturwissenschaftlicher Art von August 1799 bis April 1800.]

Pinel, Philippe: Traité médico-philosophique sur l'aliénation mentale, ou la manie. Paris 1801. Dt.: Philosophisch-medicinische Abhandlung über Geistesverirrungen oder Manie. Wien 1801.

Reil, Johann Christian: Rhapsodieen über die Anwendung der psychischen Curmethode auf Geisteszerrüttungen. Halle 1803.

Schubert, Gotthilf Heinrich: Ansichten von der Nachtseite der Naturwissenschaft. Dresden 1808. Photomechan. Nachdr. Darmstadt 1967.

– Die Symbolik des Traumes. Faksimiledruck nach der Ausg. Bamberg 1814. Mit einem Nachw. von Gerhard Sauder. Heidelberg 1968.

Wiegleb, Johann Christian: Die natürliche Magie. 20 Bde. Berlin/ Stettin 1782 ff.

Darstellungen

1. Zum *Sandmann*

Auhuber, Friedhelm: In einem fernen dunklen Spiegel. E.T.A. Hoffmanns Poetisierung der Medizin. Opladen 1986. S. 55–75.

Drux, Rudolf: Marionette Mensch. Ein Metaphernkomplex und sein Kontext von E.T.A. Hoffmann bis G. Büchner. München 1986. S. 80–100.

Ellis, John M.: Clara, Nathanael and the Narrator: Interpreting Hoffmann's »Der Sandmann«. In: German Quarterly 54 (1981) S. 1–18.

Gendolla, Peter: Die lebenden Maschinen. Zur Geschichte der Maschinenmenschen bei Jean Paul, E.T.A. Hoffmann und Villiers de l'Isle-Adam. Marburg 1980. S. 164–189.

Giraud, Jean: E.T.A. Hoffmann et son lecteur. Procédés d'écriture et initation à la poésie dans une page du »Sandmann«. In: Recherches germaniques 3 (1973) S. 102–124.

Hartung, Günter: Anatomie des Sandmanns. In: Weimarer Beiträge 23 (1977) H. 9. S. 45–65.

Hayes, Charles: Phantasie und Wirklichkeit im Werke E.T.A. Hoffmanns, mit einer Interpretation der Erzählung »Der Sandmann«. In: Klaus Peter [u.a.]: Ideologiekritische Studien zur Literatur. Frankfurt a.M. 1972. (These. New York University Ottendorfer Studies. N.F. 5.) S. 169–214.

Hoffmann, Ernst Fedor: Zu E.T.A. Hoffmanns »Sandmann«. In: Monatshefte 54 (1962) S. 244–252.

Kamla, Thomas A.: E.T.A. Hoffmann's »Der Sandmann«: The Narcissistic Poet as Romantic Solipsist. In: The Germanic Review 63 (1988) H. 2. S. 94–102.

Kaulbach, Friedrich: Das perspektivische Wirklichkeitsprinzip in E.T.A. Hoffmanns Erzählung »Der Sandmann«. In: Perspektiven der Philosophie. Neues Jahrbuch 6 (1980) S. 187–211.

Koebner, Thomas: E.T.A. Hoffmann: Der Sandmann (1816). In: Interpretationen. Erzählungen und Novellen des 19. Jahrhunderts. Bd. 1. Stuttgart 1988. (Reclams Universal-Bibliothek. 8413 [5].) S. 257–307.

Köhn, Lothar: Vieldeutige Welt. Studien zur Struktur der Erzählungen E.T.A. Hoffmanns und zur Entwicklung seines Werkes. Tübingen 1966. S. 91–108.

Kremer, Detlef: »Ein tausendäugiger Argus«. E.T.A. Hoffmanns »Sandmann« und die Selbstreflexion des bedeutsamen Textes. In: Mitteilungen der E.T.A. Hoffmann-Gesellschaft 33 (1987) S. 66–90.

Lehmann, Hans-Thies: Exkurs über E.T.A. Hoffmanns »Sandmann«. Eine texttheoretische Lektüre. In: Romantische Utopie – Utopische Romantik. Hrsg. von Gisela Dischner und Richard Faber. Hildesheim 1979. S. 301–323.

Matt, Peter von: Die Augen der Automaten. E.T.A. Hoffmanns Imaginationslehre als Prinzip seiner Erzählkunst. Tübingen 1971. S. 76–116.

Obermeit, Werner: »Das unsichtbare Ding, das Seele heißt.« Die Entdeckung der Psyche im bürgerlichen Zeitalter. Frankfurt a.M. 1980. S. 104–126.

Orlowsky, Ursula: Literarische Subversion bei E.T.A. Hoffmann. Nouvelles vom »Sandmann«. Heidelberg 1988.

Prawer, Siegbert S.: Hoffmann's Uncanny Guest. A Reading of »Der Sandmann«. In: German Life and Letters 18 (1964/65) S. 297–308.

Preisendanz, Wolfgang: Eines matt geschliffnen Spiegels dunkler Widerschein. E.T.A. Hoffmanns Erzählkunst. In: E.T.A. Hoffmann. Hrsg. v. Helmut Prang. Darmstadt 1976. (Wege der Forschung. 486.) S. 270–291.

Reuchlein, Georg: Bürgerliche Gesellschaft, Psychiatrie und Literatur. Zur Entwicklung der Wahnsinnsthematik in der deutschen Literatur des späten 18. und frühen 19. Jahrhunderts. München 1986. S. 323–348.

Schmidt, Jochen: Die Krise der romantischen Subjektivität. E.T.A. Hoffmanns Künstlernovelle »Der Sandmann« in historischer Perspektive. In: Literaturwissenschaft und Geistesgeschichte. Festschrift für Richard Brinkmann. Hrsg. von Jürgen Brummack [u. a.]. Tübingen 1981. S. 348–370.

Slessarev, Helga: Bedeutungsanreicherung des Wortes: Auge. Betrachtungen zum Werke E.T.A. Hoffmanns. In: Monatshefte 63 (1971) S. 358–371.

Sommerhage, Claus: Hoffmanns Erzähler. Über Poetik und Psychologie in E.T.A. Hoffmanns Nachtstück »Der Sandmann«. In: Zeitschrift für deutsche Philologie 106 (1987) S. 513–534.

Stadler, Ulrich: Der Sandmann. In: Brigitte Feldges / U. S.: E.T.A. Hoffmann. Epoche – Werk – Wirkung. Mit je einem Beitrag von Ernst Lichtenhahn und Wolfgang Nehring. München 1986. S. 135–152.

Tatar, Maria M.: E.T.A. Hoffmann's »Der Sandmann«. Reflection and Romantic Irony. In: Modern Language Notes 95 (1980) S. 585–608.

Vietta, Silvio: Das Automatenmotiv und die Technik der Motivschichtung im Erzählwerk E.T.A. Hoffmanns. In: Mitteilungen der E.T.A. Hoffmann-Gesellschaft 26 (1980) S. 25–33.

Walter, Jürgen: Das Unheimliche als Wirkungsfunktion. Eine rezeptionsästhetische Analyse von E.T.A. Hoffmanns Erzählung »Der Sandmann«. In: Mitteilungen der E.T.A. Hoffmann-Gesellschaft 30 (1984) S. 15–33.

Wawrzyn, Lienhard: Der Automaten-Mensch. Hoffmanns Erzählung vom »Sandmann«. Mit Bildern aus Alltag und Wahnsinn. Auseinandergenommen und zusammengesetzt von L. W. Berlin 1976.

2. Im Zusammenhang mit Freuds Studie über *Das Unheimliche*

Aichinger, Ingrid: E.T.A. Hoffmanns Novelle »Der Sandmann« und die Interpretation Freuds. In: Zeitschrift für deutsche Philologie 95 (Sonderheft E.T.A. Hoffmann 1976) S. 113–132.

Cixous, Hélène: La Fiction et ses fantômes. Une lecture de l'»Unheimliche« de Freud. In: Poétique 10 (1972) S. 199–226.

Freud, Sigmund: Das Unheimliche (1919). In: S. F.: Studienausgabe. Bd. 4. Hrsg. von Alexander Mitscherlich [u. a.]. Frankfurt a. M. 1970, S. 241–274.

Hertz, Neil: Freud and the »Sandmann«. In: Textual Strategies. Perspectives in Post-Structuralist Criticism. Hrsg. von Josué V. Harari. Ithaca / New York 1979, S. 296–321.

Kittler, Friedrich A.: »Das Phantom unseres Ichs« und die Literaturpsychologie: E.T.A. Hoffmann – Freud – Lacan. In: Urszenen. Literaturwissenschaft als Diskursanalyse und Diskurskritik. Hrsg. von F. A. K. und Horst Turk. Frankfurt a. M. 1977. S. 139–166.

Köhler, Gisela: Narzißmus, übersinnliche Phänomene und Kindheitstrauma im Werk E.T.A. Hoffmanns. Diss. Frankfurt a. M. 1971. S. 258–291.

Mahlendorf, Ursula: E.T.A. Hoffmann's »Der Sandmann«. The Fictional Psycho-Biographie of a Romantic Poet. In: American Imago 32 (1975) S. 217–239.

Massey, Irving: Narcism in »The Sandmann«: Nathanael vs. E.T.A. Hoffmann. In: Genre 6 (1973) S. 114–120.

Schmidt, Ricarda: E.T.A. Hoffmanns Erzählung »Der Sandmann« – ein Beispiel für »écriture féminine«? In: Frauen, Literatur, Politik. Hrsg. von Annegret Pelz [u. a.]. Hamburg 1988. (Argumente Sonderband. 172.) S. 75–93.

Uber, Wolfgang: E.T.A. Hoffmann und Sigmund Freud. Ein Vergleich. Diss. FU Berlin 1974.

Weber, Samuel: Das Unheimliche als dichterische Struktur: Freud, Hoffmann, Villiers de l'Isle-Adam. In: Psychoanalyse und das Unheimliche. Essays aus der amerikanischen Literaturkritik. Hrsg. von Claire Kahane. Bonn 1981. S. 122–147.

Nachwort

Seinen zweiteiligen Zyklus *Nachtstücke*, dessen erster Band
Ende 1816 (mit Druckdatum 1817) erschien, leitete E.T.A.
Hoffmann mit der Erzählung *Der Sandmann* ein, deren erste
handschriftliche Fassung er mit dem Vermerk »d. 16. Novbr.
1815 Nachts 1 Uhr« versah.[1] Als ›Nachtstück‹ könne sie aber
heute kaum noch gelten, meint der Hoffmann-Biograph
Safranski, eher habe sie seit Sigmund Freuds Studie über *Das
Unheimliche* (1919) Ähnlichkeit mit »einem hell ausgeleuch-
teten Szenario, worin psychoanalytische Kategorien mit zwei
Beinen agieren.«[2] Gewiß hat erst Freuds Analyse manchen
Sandmann-Exegeten auf den Plan gerufen; aber sie ist keineswegs dafür verantwortlich zu machen, daß die Zahl der Deutungen in den letzten Jahren ein derartiges Ausmaß erreicht
hat, daß die Interpretation des *Sandmanns* wie eine literatur-
wissenschaftliche Spezialdisziplin anmutet, an der Vertreter
aller methodischen Richtungen teilhaben. Es ist in erster
Linie der Text selbst, der solche Aufmerksamkeit erregt: er
entzieht sich eindeutigen Sinnzuweisungen und eröffnet
gerade dadurch Möglichkeiten zur Anknüpfung an unter-
schiedliche Bereiche kultureller und sozialer Praxis.

Schon der Versuch, die einfache Fabel der Erzählung wie-
derzugeben, bereitet Schwierigkeiten; denn die Reduktion
auf die Geschichte »von Nathanaels verhängnisvollem
Leben« (18) läßt den jeweiligen Blickwinkel außer acht, aus
dem ihr Verlauf von den prägenden Erlebnissen seiner Kindheit bis zu seinem traurigen Ende geschildert wird, und verlangt zu entscheiden, ob ein Ereignis sich in der Wirklichkeit

1 Die genaue Überschrift der Handschrift lautet: »Nachtstücke. / Herausgegeben / vom Verfaßer der Fantasiestücke in / Callots Manir / Der Sandmann / d.
 16. Novbr. 1815 Nachts 1 Uhr«. Das Faksimile aus der Handschrift des
 Sandmann ist in E.T.A. Hoffmann, *Sämtliche Werke in 6 Bdn.*, Bd. 3, hrsg.
 von Hartmut Steinecke [. . .], Frankfurt a. M. 1985, abgedruckt (Abb. 1, nach
 S. 920).
2 Rüdiger Safranski, *E.T.A. Hoffmann. Das Leben eines skeptischen Phanta-
 sten*, Frankfurt a. M. 1987, S. 412.

der Erzählung oder in der Vorstellung einer Erzählfigur zugetragen hat. Die Unentschiedenheit hierüber unterstreicht der Text insofern, als er zwei gegensätzliche Versionen zu seinem Verständnis anbietet. Während Nathanael glaubt, daß »jeder Mensch, sich frei wähnend, nur dunklen Mächten zum grausamen Spiel diene« (20), vertritt Clara (bzw. Lothar) die Meinung, daß »alles Entsetzliche und Schreckliche« allein im Innern des Menschen angelegt sei (13) und scheinbar objektive Gewalten nur als »Fantom(e) unseres eigenen Ichs« Wirkung entfalteten. Beide Ansichten lassen sich mit der Erzählung belegen. Nathanaels Eindruck, er sei ein Spielball finsterer Mächte, ist angesichts der Aktionen nachzuvollziehen, mit denen ihm Coppelius alias Coppola zeitlebens zusetzt und die offensichtlich auf sein Scheitern zielen. Der Advokat Coppelius hindert den Knaben daran, elementare Bedürfnisse auszuleben: Er entzieht ihm die Aufmerksamkeit des Vaters und zerstört die Geborgenheit im Kreise der Familie, indem er sich zwischen die Eltern drängt; ferner vergrault er den Kindern »recht mit Bedacht« den Spaß an Süßigkeiten. Der Optiker Coppola trägt dazu bei, daß sich der Student von seiner Braut ab- und einer Puppe zuwendet, indem er Nathanaels Wahrnehmung durch das Fernrohr beeinflußt. Kaum hat er sich in Olimpia verliebt, wird ihm das obskure Objekt seiner Begierde wieder entzogen. Der erzwungene Verzicht auf den Gegenstand seiner Voyeurslust steigert – wie der auf Naschwerk in seiner Kindheit – sein Begehren; so kann er dem Experiment in angewandter Mechanik, das Spalanzani und Coppola an ihm durchführen, gar nicht ausweichen. Ihr »bestes Automat« an ihm testend, stürzen sie ihn in den Wahnsinn – was könnte Nathanaels Vermutung von einer gegen ihn gerichteten Verschwörung teuflischer Kräfte eindringlicher bestätigen?

Dennoch ist es durchaus denkbar, daß erst Nathanaels verwirrter Geist die einzelnen Aktionen von Coppelius und Coppola zum Komplott zusammenfügt. Als Kind identifiziert er den für ihn ohnehin schon unsympathischen Coppelius, bei dessen abendlichen Besuchen er immer ins Bett geschickt wurde, mit der fiktiven Figur des Sandmanns aus dem grausamen Märchen der Kinderfrau; in das schreckliche Bild wird er, derart traumatisiert, später alle Geschehnisse einzeichnen, an denen Coppelius beteiligt ist. Ihn empfindet er als satanischen Menschenbildner, der ihm die Gliedmaßen versetzt, ihm gibt er die Schuld am Tod des Vaters. Durch die Begegnung mit Coppola, der mit optischen Geräten handelt und beinahe denselben Namen wie der alte Advokat trägt, werden die verdrängten Kindheitserlebnisse wieder gegenwärtig und bestimmen seine weiteren Erfahrungen, insbesondere seine Kontakte zu Frauen. Da ihm der körperlich-sinnliche Austausch mit der Welt mittels Zwangsmaßnahmen, die von der verordneten Bettruhe bis zum angedrohten Augenraub reichen, verwehrt wurde, sucht er, unfähig zu echter Kommunikation, in jeder möglichen Liebespartnerin vornehmlich eine Projektionsfläche für sein Ich. Und dafür ist die stumme Olimpia besser geeignet als die kritische Clara. Die Zertrümmerung der Holzpuppe, in deren Liebe er sein Selbst wiederfindet, zieht dann aufgrund dieser narzißtischen Selbstidentifikation seine eigene Vernichtung nach sich, die im Ausbruch des Wahnsinns offenkundig wird. Dem fällt er nach zwischenzeitlicher Besserung seines Gesundheitszustandes erneut anheim, wenn er auf dem Turm seine Braut durch das Perspektiv so wahrnimmt wie einst Olimpia in Spalanzanis Haus. Sein letzter Ausruf, mit dem er sich in die Tiefe stürzt: »Ha! Sköne Oke« – mit diesem Ausdruck bot der »piemontesische Mechanikus« seine Brillen feil –, läßt noch einmal den Sinnzusammenhang erkennen, wie er sich Nathanael aufdrängt: Wie in der Kindheit den häuslichen Frieden zerstört Coppelius (Coppola) seine Liebe zu Olimpia (Clara) – und damit ihn selbst. Letzteres ist ihm aber nicht bewußt; er ahnte es höchstens zu Anfang seiner Erinnerung, als er das über ihn schwebende »dunkle Verhängnis« als todbringend bezeichnete und den Schrecken über eine fremde Person auf »ganz eigne [!], tief in mein Leben eingreifende Beziehungen« (3) zurückführte.

So widersprüchlich wie die nach Nathanaels und Claras

hermeneutischen Vorgaben skizzierten Deutungen der Geschichte, so zweifelhaft sind Identität und Charakter der Erzählfiguren. Den Coppelius z. B. glaubt Nathanael in Coppola wiedererkannt zu haben; »Figur und Gesichtszüge« stimmten überein, der Name sei, von der italienischen Form abgesehen, nicht geändert. Und obwohl er in seinem zweiten Brief versichert, »daß der Wetterglashändler Giuseppe Coppola keineswegs der alte Advokat Coppelius ist« (16), ist er noch nicht »ganz beruhigt«, ja, ihn bedrückt nach wie vor »Coppelius' verfluchtes Gesicht« so sehr, daß er diesem die Abreise aus der Stadt zuschreibt, die ihm Spalanzani vom »Landsmann Coppola« vermeldete. Als er sich in der Absicht, um Olimpias Hand anzuhalten, dem Arbeitszimmer des Professors nähert, hört er die Stimme des Coppelius, sieht aber, dort eindringend, Coppola, der sich der Puppe bemächtigt. Seine Fixierung auf die Schreckensgestalt seiner Kindheit geht sogar so weit, daß er aus Spalanzanis Mund »Coppelius« als den Namen des Diebes vernimmt. Andererseits spricht einiges dafür, daß der beraubte und verletzte Spalanzani sich hier selbst entlarvt und aus Wut die Identität des Kollegen preisgibt, den er zuvor, um Nathanael zu beruhigen und sein Experiment mit seinem »besten Automat« nicht zu gefährden, als langjährigen Bekannten aus Piemont ausgegeben hatte. Überhaupt wird Coppelius von Nathanael durchweg mythisch überhöht: Dem Kind verschmilzt die Sandmann-Gestalt des Mythos mit der Wirklichkeit des Advokaten, den Student läßt ihn in seiner Erinnerung als »häßlichen gespenstischen Unhold« (8) mit Merkmalen spätmittelalterlicher Teufelsdarstellungen (graue Kleidung, erdgelbes Gesicht, »knotigte, haarigte Fäuste«, meckerndes Lachen, polternder Gang) aufleben, der auf mephistophelische Weise den Schöpfer als »den Alten« bezeichnet.[3] Und vor seinem Selbstmord erblickt er Coppelius von der Galerie aus, wie er »riesengroß« aus der Menge herausragt,

---

3 Vgl. Goethe: *Faust* I, Prolog im Himmel, V. 350: Mephistopheles: »Von Zeit zu Zeit seh ich den Alten gern«.

ebenso ins Ungeheuerliche verzerrt wie der »Riesenschatten« des Rathausturms – was zur Mittagsstunde, da die Sonne ihren Höchststand erreicht, kaum möglich ist. Der Realitätsgrad des Coppelius ist also nicht genau zu messen; sicher ist nur, daß Einbildung und Erfahrung sich in seiner Erscheinung vermischen: so schillert sie zwischen dämonischem Bösewicht und altbürgerlichem Sonderling.

Demgegenüber ist Clara, die Hellsichtige, die – Hoffmann verwendet in seinen Werken häufig sprechende Namen – aufgeklärte Gedanken vertritt, fest im Irdischen verwurzelt. Über ihre Bewertung sind sich die Interpreten dennoch keineswegs einig. Sie schließen sich nämlich entweder denen an, die sie »kalt, gefühllos, prosaisch« schimpfen, oder halten es mit denen, die in ihr »das gemütvolle, verständige, kindliche Mädchen« sehen (20).[4] Der fiktive Erzähler macht aus seiner Sympathie für Clara keinen Hehl und weist ihr außerordentliche emotionale und intellektuelle Qualitäten zu (»lebenskräftige Fantasie«, Heiterkeit, Gemütstiefe, »einen gar hellen scharf sichtenden Verstand«). Zugleich räumt er aber seine Befangenheit im Hinblick auf Clara ein; berückt durch ihre »holdlächelnd(en)« Augen, sucht er seine fehlende Objektivität durch die Meinung von Experten auszugleichen, die, als Architekten, Maler, Dichter und Komponisten »von Amtswegen« mit Schönheit befaßt, sich über Claras Aussehen und Ausstrahlung äußern. Nicht minder gebrochen stellt sich ihr Verhältnis zum »herzinnigstgeliebten Nathanael« dar. Sie sehnt sich »mit ganzer Seele« nach ihm, bemüht sich, seine Befürchtungen mit vernünftigen Argumenten zu zerstreuen, empfiehlt sich ihm als »Schutzgeist« und verhindert das mörderische Duell zwischen dem Geliebten und dem Bruder. Andererseits begegnet sie den bedrückenden Gedanken des Bräutigams, die er in einem langen Gedicht gestaltet, mit den täglichen Erfordernissen im Haushalt, was dieser angesichts seiner quälenden Ängste als zynisch empfinden

4 So steht die positive Bewertung Claras etwa durch E. F. Hoffmann und J. Schmidt in völligem Gegensatz zum kritischen Urteil, das z. B. J.M. Ellis und Ch. Hayes gefällt haben (Titel s. Bibliographie).

muß. Daß ihrem Naturell »das ruhige häusliche Glück« entspreche, von dem der angehängte Schlußabschnitt berichtet (40), wird kaum als Kompliment begreifen, wer Hoffmanns spöttische Ausführungen über die Ehe und die sie begierig anstrebenden Bürgerstöchter wie etwa Veronika Paulmann (aus dem *Goldnen Topf*) oder Christine Roos (aus dem *Artushof*) berücksichtigt. Vor allem aber relativiert die Nachricht von der kleinbürgerlich-trauten Familienszene, die ja unvermittelt auf Nathanaels Katastrophe folgt, im nachhinein den Charakter seiner ehemaligen Braut; ihr scheint der Umstieg von der Tragödie in die Idylle problemlos geglückt zu sein.

Der Autor selbst trägt offenbar wenig dazu bei, Handlung und Figuren auf Eindeutigkeit festzulegen; ganz im Gegenteil verstärkt das Verfahren eines multiperspektivischen Erzählens die Unsicherheit über den wirklichen Stand der Dinge. Der Leser wird zu Beginn des Textes mit drei Briefen konfrontiert; dadurch rückt er nicht nur selber in die Position des Adressaten, der das Geschehen gleichsam aus erster Hand und somit als authentisch erfährt, ihm wird darüber hinaus die persönliche Sicht der jeweils Schreibenden aufgedrängt. D. h., er wird weitaus besser über ihre subjektive Einschätzung der Lage und ihre Beziehung zueinander als über die tatsächlichen Vorgänge informiert. Auch der fiktive Erzähler, der sich als Freund der Familie ausweist, macht ihm kein klares Rezeptionsangebot: Bisweilen gebärdet er sich recht auktorial, indem er Hintergrundwissen liefert (»Das Glück war unterdessen in das Haus eingekehrt«; 38) oder Urteile fällt (»Nathanaels Dichtungen waren in der Tat sehr langweilig«; 22); mitunter begibt er sich aber auch auf die Ebene der erzählten Personen, z. B. bei der Schilderung Claras oder der Wiedergabe des Kampfes um Olimpia. In dieser Szene versetzt er sich völlig in den bestürzt herbeieilenden Nathanael, wobei ihre Vergegenwärtigung in einer Steigerung des Tempos durch Verbellipsen, in Satzbrüchen, Redefetzen, Ausrufen und Wiederholungen stilistischen Ausdruck findet. Ganz anders nimmt sich die Diktion aus, wenn der Erzähler nach den Briefen das Wort ergreift und mit der suggestiven Anrede an den »günstigen Leser« über die Erzählsituation nachsinnt. Das Eingeständnis seiner Betroffenheit über Nathanaels Schicksal, das sich ihm zu einem »Brust, Sinn und Gedanken« beherrschenden »innere(n) Gebilde« entwickelt habe, führt über die Reflexion traditioneller Erzählanfänge, die als unpassend verworfen werden (was den Briefeinsatz nachträglich rechtfertigt), zu der grundlegenden poetologischen Aussage, daß »das wirkliche Leben« im dichterischen Werk nur vermittelt, unscharf und verzerrt widerzuspiegeln sei (19). Im *Sandmann* wird diese Ansicht in die poetische Praxis umgesetzt: Die Erzählung sperrt sich gegen die Abstraktion eines einsinnigen Wirklichkeitsbegriffs, da für sie phantastische Phänomene ebenso wie alltägliche Gegenstände konstitutiv sind. Wie wichtig es Hoffmann war, die divergierenden Welten und Weltsichten nebeneinander bestehen zu lassen, zeigen die Änderungen, die er für die Druckfassung vornahm. Aus der ersten Niederschrift strich er die tödlich endende Begegnung der kleinen Schwester mit Coppelius, außerdem schrieb er den Bericht von Nathanaels Selbstmord um, der dort noch durch einen verbalen Eingriff des Coppelius veranlaßt war.[5] Dessen ursprüngliche Dämonisierung zeichnete ihn einseitig im Sinne Nathanaels als Verkörperung der allzeit präsenten Macht der Finsternis. Durch die Überarbeitung erhält nun auch die psychologisch-rationale Deutung à la Clara ihre Berechtigung, und Hoffmann kommt seiner ästhetischen Überzeugung nach, daß im Kunstwerk einerseits »Gestalten des gewöhnlichen Lebens« im subjektiven Erleben »fremdartig« und geheimnisvoll erscheinen, anderseits »das dem Fantastischen hingegebene Gemüt« sogar durch »das Gemeinste aus dem Alltagsleben« angeregt und bewegt wird.[6] Mit diesen Wendungen beschrieb er die »Manier« des französischen Malers und Kupferstechers Jacques Callot (1592–1635), in der er seine *Fantasiestücke* (1814/15) verfaßte

5 Vgl. die auf S. 45 wiedergegebene Textstelle der handschriftlichen Fassung.
6 E. T. A. Hoffmann, *Fantasie- und Nachtstücke*, hrsg. und mit einem Nachw. vers. von Walter Müller-Seidel, München 1960, S. 12.

(als deren Autor bringt er sich werbewirksam bei der Publikation der *Nachtstücke* in Erinnerung). Die »Duplizität« des menschlichen Daseins hat Hoffmann später in dem Zyklus *Die Serapions-Brüder* (1819–21) als wechselseitige Bedingtheit von innerer Schau (Phantasie) und äußeren Gegebenheiten (Realität) zum künstlerischen Prinzip erhoben.[7]

Mit der in die Moderne vorausweisenden Erzähltechnik des Perspektivismus verbindet sich eine Motivstruktur, die dem *Sandmann* Kohärenz und thematische Dichte verleiht. In Entsprechung zur Vielzahl der Sichtweisen auf Nathanaels Lebensgeschichte wird ihr Verlauf durch Elemente aus dem Sinnbereich des Auges gesteuert. Sie wirken deshalb in stärkerem Maße textbildend als das Motiv der belebten Puppe, auch wenn die Olimpia-Episode nicht zuletzt durch Jacques Offenbachs Vertonung gemeinhin als ein Markenzeichen von *Hoffmanns Erzählungen* (1881) gehandelt wird. Beide Motivkomplexe sind allerdings eng miteinander vernetzt. Nathanael nimmt Olimpia, die ihm anfangs seltsam starr erschienen war, »als schliefe sie mit offnen Augen« (16), erst durch Coppolas Perspektiv als belebt wahr. Während ihres Konzertvortrags bemerkt er wiederum mit Hilfe des optischen Instrumentes ihren »Liebesblick«, der sein Inneres durchdringt. Ihre sonstige Eiseskälte weicht glühenden Lebensströmen, wenn er in ihre sehnsuchtsvoll glänzenden Augen »starrt«. Seine psychische Deformation, seine im wörtlichen Sinn verrückte Wahrnehmung, gipfelt in einem Wahnsinnsausbruch, als ihm Spalanzani die mit Blut verschmierten Glasaugen der Automate an die Brust wirft. Die schauerliche Szenerie ruft in Nathanael die Erinnerung an die alptraumhaften Vorgänge im nächtlichen Labor wach, wo Coppelius am feurigen Alchimistenherd dem heimlich zuschauenden Knaben »ein schön Paar Kinderaugen« abverlangte (9), und an den Tod des Vaters, der bei einem dieser Experimente ums Leben kam. Die Assoziation dieser Erlebnisse verbalisiert sich in dem Ausruf, mit dem Nathanael auf

---

7 Vgl. E. T. A. Hoffmann, *Die Serapions-Brüder*, München 1963, S. 53 ff.

Spalanzani einstürmt, um ihn zu erwürgen: »*Feuerkreis!* dreh dich [...] Holzpüppchen dreh dich –« (36). Den zweiten Teil seines Aufschreis wiederholt er, nachdem er auf der Galerie das Perspektiv auf Clara gerichtet hat. Der dadurch erneut ausgelöste Wahnsinnsschub treibt ihn in den Selbstmord. Seine letzten Worte beim Sprung über das Geländer variieren nochmals das Augenmotiv, das die entscheidenden Stationen seines Lebenswegs markiert. Daß er beim Anblick des Coppelius auf das seltsame Idiom des Piemontesers Coppola (»Sköne Oke«) verfällt, belegt nachdrücklich die für ihn unstrittige und gerade deswegen verheerende personale Einheit von Coppelius und Coppola, über deren Namen (ital. *cop- in *coppo* ›Augenhöhle‹, und *coppella* ›Schmelztiegel‹) die realen und symbolischen Bedrohungen des Auges stets konnotiert sind.

Das Auge ist ja nicht nur das Organ der visuellen Wahrnehmung (und in übertragenem Sinn das der Erkenntnis schlechthin), seit der Antike gilt es auch als Spiegel der Seele. Beim Streit um Olimpia werden beide Bedeutungen gegeneinander ausgespielt: Nathanael muß mit seinen eigenen Augen den Kampf um die Geliebte verfolgen; hingegen behauptet Spalanzani, Coppelius habe ihm seine Augen gestohlen, um die Puppe zu vervollständigen, die von ihm, »dem geschickten Mechanicus und Automat-Fabrikanten« (37), gebaut worden sei. In Spalanzanis Arbeitszimmer wird Nathanael verwirklicht, was er in seinem düsteren Gedicht gestaltet hatte, als er seine tiefe Angst, »daß Coppelius sein Liebesglück stören werde« (22), in einem drastischen Bild ausdrückte: Von Coppelius berührt, springen die Augen der Braut aus ihren Höhlen und berühren »sengend und brennend« seine Brust. Daß es nicht ihre Augen seien, die seine Brust entzündeten, erklärt ihm die Clara seines Gedichtes, vielmehr komme, was ihn verzehre, aus seinem Innern (»das waren ja glühende Tropfen deines eignen Herzbluts«; 22). Sein Herz schenkt Nathanael, an seinen Studienort zurückgekehrt, dann der Puppe Olimpia. Indem er seine Seele in ihre innere Leere versetzt, belebt er die mechanische Holzfigur, die ihm das Perspektiv nahebrachte, das seine Optik veränderte. Diese gelenkte Projektion wird mit Spalanzanis Worten als Diebstahl der Augen symbolisiert – und der steht auch im Zentrum des Märchens vom titelgebenden Sandmann, mit dem Kinder zur Nachtruhe diszipliniert werden. Nathanael büßt allerdings mehr ein als sein waches Bewußtsein; analog zur Brutalisierung der Märchenversion, die ihm als Kind zugemutet wird, verliert er zuerst seine Sehfähigkeit, dann seine psychische Gesundheit und schließlich sein Leben.

Nathanaels Lebens- und Leidensweg setzt sich, wie immer er sich auch dem jeweiligen Betrachter darstellen und erklären mag, aus einer Vielzahl von Faktoren zusammen, die, nach Hoffmanns Poetologie als »Hebel« für die dichterische Imagination fungierend, in der historischen »Außenwelt« angesiedelt sind. Bei typischen Merkmalen eines schriftstellerischen Werks wird nicht selten zuerst an die Biographie seines Verfassers gedacht: Als multimedialer Künstler – Theatermann, Komponist, Karikaturist und Dichter – konnte Hoffmann seine kreativen Fähigkeiten ausleben; dazu bedurfte es aber oft ausgedehnter Nachtsitzungen mit nicht geringem Alkoholkonsum. Dagegen ging er tagsüber dem bürgerlichen Beruf eines Juristen nach, den er so gewissenhaft ausfüllte, daß er 1816 zum Kammergerichtsrat aufstieg und 1819 zum Mitglied der Immediat-Untersuchungskommission bestellt wurde, die die sogenannten »demagogischen Umtriebe« zu ermitteln hatte. Es wäre jedoch falsch, das Abgründige in Hoffmanns Dichtung nur seinen rauschhaften Zuständen und nächtlichen Exzessen zuzuschlagen, während das nüchterne Tagesgeschäft ihm zur Beachtung der Realitäten verholfen habe. Sehr gründlich, beinahe systematisch hat er sich mit »exaltierten Stimmungen« und Psychosen befaßt (dieses Interesse wurde, wie manche Tagebucheintragungen verraten, durch seine psychische Disposition angeregt[8]). Neben

8 Vgl. z. B. die Tagebucheintragungen vom 28. Januar 1811 bis zum 6. September 1812, die seine Begegnung mit Julchen Mark reflektieren; sie sind zusammengestellt von Klaus Günzel, *E. T. A. Hoffmann. Leben und Werk in Briefen, Selbstzeugnissen und Zeitdokumenten*, Berlin 1979, S. 200–204.

persönlichen Erfahrungen mit der Behandlung von Geistes-
krankheiten, die er in seiner Bamberger Zeit durch die
Bekanntschaft mit dem Nervenarzt Dr. Marcus sammeln
konnte, verschafften ihm intensive Studien der damaligen
Fachliteratur (Philippe Pinel, Carl Alexander Ferdinand
Kluge, Johann Christian Reil) umfassende Kenntnisse über
Genese, Symptome und Therapie des Wahnsinns. Auf sie
konnte er sich im Richteramt bei Gutachten über die Zurech-
nungsfähigkeit von Straftätern stützen; vor allem nutzte er sie
zur Gestaltung solcher Erzählpersonen, die an fixen Ideen
laborieren, deren Persönlichkeit gespalten ist oder die sich
einfach in seelischen Ausnahmesituationen befinden. Sein
Wissen von den »Nachtseiten« der menschlichen Psyche liegt
auch der Schilderung von Nathanaels Verhaltensstörungen
und eskalierender »Geisteszerrüttung« zugrunde.[9] Dennoch
erschöpft sich die Erzählung nicht in der poetischen Veran-
schaulichung eines psychopathologischen Falls; vielschichti-
ger als ein medizinischer Bericht, vermittelt sie über eine indi-
viduelle Krankengeschichte allgemeine Aspekte der Zeit, in
der diese verläuft. Doch sollte mit Bezug auf den rüden, oft
menschenverachtenden Umgang der zeitgenössischen Medizin mit Geisteskranken wenigstens das Vermögen des Autors
hervorgehoben werden, sich so in einen psychisch Scheitern-
den zu versetzen, daß dessen Erleben sich dem Leser mitteilt
und bemerkenswerterweise als Resultat bestimmender Kindheitserlebnisse verständlich wird. Ähnliches hatte früher
schon Karl Philipp Moritz im *Anton Reiser* (1785–90) gelei-
stet; aufgrund der breiten Anlage seines – wie Moritz selber
sagt – »psychologischen Romans« wird aber, was dem Titel-
helden als Knaben widerfährt, ausführlicher und weniger ver-
schlüsselt behandelt als in Hoffmanns Nachtstück. Im Rah-
men einer Erzählung stellt die Wiedergabe persönlichkeits-
bildender Einflüsse, denen ein Achtjähriger ausgesetzt ist
(nach damaliger Ansicht das für seelische Fehlentwicklungen

---

9 Die angeführten Begriffe sind Titeln der Arbeiten von Reil und Schubert
entnommen, die Hoffmann vertraut waren (vgl. Bibliographie).

besonders anfällige Alter), eine literaturgeschichtliche Neuheit dar, zumal sie vom Betroffenen selbst vorgenommen wird.

Nathanaels erster Brief erhält dadurch den Charakter einer Anamnese, wie die Medizin die Vorgeschichte einer Krankheit nach Angaben des Kranken bezeichnet, und verrät im erregten Rückblick des Verfassers die für ihn wesentlichen Eindrücke. Dazu gehört das Sehverbot, das ihm die Eltern mit Rücksicht auf Coppelius auferlegten. Er bemüht sich, es durch die innere Schau, die Phantasie, zu unterlaufen, indem er als Junge den Sandmann zeichnerisch, als Student in mystischen Gedichten zu erfassen sucht. Die direkte Durchbrechung des Verbots mißlingt; als heimlicher Beobachter der Laborversuche wird er entdeckt und bestraft (symbolisch durch die Drohung mit dem Verlust der Augen). Auf sich selbst ›geblendet‹, gerät er in narzißtische Isolation. Mehr und mehr vollzieht sich sein Austausch mit der Welt zwanghaft-mittelbar: Coppolas Perspektiv holt ihm sein Wunschobjekt heran – unter Wahrung der körperlichen Distanz. Partnerschaft läuft am Ende für ihn auf bloße Selbstbespiegelung hinaus, wobei sich die aus dem Verbot resultierende Abwesenheit des Sinnlich-Körperhaften mit dem Rückzug auf das Selbst in der Imagination verbindet.

Der soziale Ort, an dem diese Zurichtung geschieht, ist die kleinbürgerliche Kernfamilie. Sie widmet den Kindern erhöhte Aufmerksamkeit und verpflanzt sie in der Absicht, ihrem besonderen Status nachzukommen, in einen Binnenraum, der mit Ge- und Verboten abgesteckt wird. So getrennt von der Realwelt der Erwachsenen, unterliegen sie einer doppelten Ausgrenzung; denn mit dem Wandel ökonomischer Strukturen im Umfeld der allmählich voranschreitenden Industrialisierung wird die Familie als privater Bezirk vom öffentlichen Leben geschieden.[10] In ihr werden die Kinder zum geregelt-maßvollen Umgang mit leiblichen Genüssen

10 Vgl. Thomas Nipperdey, *Deutsche Geschichte 1808–1866. Bürgerwelt und starker Staat*, München 1983, S. 102–248.

jeder Art erzogen, also sowohl zur kontrollierten Sexualität wie zum sparsamen Konsum, konnte doch das Bürgertum zu Beginn des 19. Jahrhunderts gegenüber der immer noch bzw. schon wieder herrschenden Adelsklasse nur mit moralischer Stärke und ökonomischen Pfunden wuchern. Als Regentin über dieses Reich des Privaten wird die Frau inthronisiert, während der Mann draußen im feindlichen Leben seinem Beruf nachgehen muß. Dank dieser Rollenaufteilung, die von zeitgenössischen Philosophen und Pädagogen anthropologisch untermauert, d. h. durch die Annahme von geschlechtsspezifischen Eigenheiten gerechtfertigt wird, obliegen der Frau die Kinderaufzucht – hierbei kann sie wie Nathanaels Mutter von einer Kinderfrau entlastet werden – und die Gestaltung eines schönen und kunstsinnigen Heims, in dem sich die Innerlichkeit pflegen und die bürgerliche Kultur demonstrieren läßt. Die Androide Olimpia erfüllt auf perfekte Weise die Rolle, für die die Bürger ihre Töchter ausgebildet haben. Klavierspielend, singend, tanzend und »geschmackvoll gekleidet« (29), präsentiert sie sich der Gesellschaft, auch den eleganten Teezirkeln, die sie »mit Glück besucht« (37) – und die ihr wohl mehr zusagen als dem Kapellmeister Johannes Kreisler, Hoffmanns Alter ego, der als Klavierbegleiter oft furchtbar unter den singenden Hausfrauen und/oder ihren höheren Töchtern zu leiden hatte.[11] Daß nach Olimpias Demontage unter den dort versammelten Herren sich eine gewisse Unsicherheit einschleicht, ob man nicht auch eine »Holzpuppe liebe«, macht deutlich, wie gut diese die den Damen vorgeschriebenen Verhaltensweisen beherrscht hat. Um derartige Zweifel auszuräumen, fordern einige Liebhaber von der Geliebten eine gelegentliche Äußerung, die »wirklich ein Denken und Empfinden voraussetze« (37 f.). Ihr geduldiges Zuhören hat Nathanael an Olimpia besonders geschätzt. Von Clara war er anderes gewöhnt; sie strickte, während er aus seinem Werk rezitierte, schlimmer

---

11 Vgl. dazu *Johannes Kreislers, des Kapellmeisters, musikalische Leiden* (1810), die Hoffmann in die *Fantasiestücke* aufnahm.

noch, sie tat ihre nicht selten kritische Meinung kund. Sie versagte ihm die Befriedigung seiner narzißtischen Bedürfnisse, die er bei Olimpia stillen kann. Deshalb idealisiert er die »todstarre«, stumpfsinnige Puppe zur »herrlichen, himmlischen Frau«, während er die lebhafte Clara zu einem mechanischen Gegenstand degradiert und als »lebloses, verdammtes Automat!« beschimpft (24). Gewiß zeigt sich darin eine Verschiebung der Realitäten in Nathanaels Denken; aber die Sache ist vertrackter: immerhin nähert sich Clara dem in der Automate karikierten Frauenbild weitgehend an, wenn sie letztlich, mit sich und der Welt angeblich zufrieden, »das ruhige häusliche Glück« genießt.

Olimpias Wortschatz ist eher bescheiden; außer über die Abschiedsformel »Gute Nacht, mein Lieber!« (34) verfügt sie nur über die Interjektion »Ach!« – die aber verrät dem liebenden Nathanael ihr »tiefes Gemüt«. Ihrer Seelen »wunderbarer Zusammenklang« vernimmt er bei den täglichen Lesungen, denen Olimpia »mit großer Andacht« lauscht. Nathanael trägt ihr sein gesamtes Werk vor, das verschiedene Prosagattungen und mannigfaltige (hauptsächlich romanische) Formen der Lyrik enthält. Offensichtlich inspiriert ihn zu immer neuen poetischen Hervorbringungen, daß er sich von dieser »herrliche(n) Zuhörerin« ganz verstanden weiß. Aus der Beschäftigung mit der eigenen Seelenlage heraus entstanden auch seine mystischen Dichtungen, wozu das von Clara als »wahnsinniges Märchen« verworfene Gedicht zu zählen ist. Nathanael erweist sich also als ein Dichter, der, gefangen im Kreis seiner inneren Bilder, die Rückbindung an die Realität preisgibt und damit jener von Hoffmann als unabdingbar für das poetische Schaffen erkannten Duplizität zuwiderhandelt.

Er selbst deutet in seinem Text an, auf welche geistesgeschichtliche Wirklichkeit sein fiktiver Dichter zu beziehen ist. Wenn Nathanael die kurzsinnigen Automatenlaute als »Hieroglyphe« (33) bezeichnet, dann gebraucht er ein Schlüsselwort romantischer Welterfassung von Novalis bis Eichendorff, die zugleich dadurch kritisiert wird; denn weder sind Olimpias Wörter heilige, geheime Zeichen, durch die sich der innere Zusammenhang der Welt erschließt, noch geht Nathanaels Dichtung, die formal an bevorzugten Gattungen der Romantik ausgerichtet ist, über die Reproduktion seines Ich hinaus. Die Poetisierung der Welt durch die subjektive Sicht hat Clemens Brentano in seinem frühen Roman *Godwi* (1801) als romantisch und »das Romantische« als »ein Perspectiv« definiert, genauer als »die Bestimmung des Gegenstandes durch die Form des Glases«.[12] Hoffmann verdinglicht den abstrakten Begriff auf narrativer Ebene, und indem er seinen Künstler-Helden mit den bekannten Folgen durch das Perspektiv schauen läßt, zeigt er die Gefahren auf, die ein übersteigerter Subjektivismus, der sich die Welt genialisch bildet und die tote Materie im poetischen Akt belebt, mit sich bringt. Statt die Dinge lebendig zu durchdringen, verliert der forcierte Romantiker sie aus dem Auge und droht hoffnungslos in sich selbst zu versinken.

Unter den Mitgliedern der Teegesellschaft, die sich über die Vorkommnisse in Spalanzanis Haus unterhalten, befindet sich auch ein Tabak schnupfender »Professor der Poesie und Beredsamkeit«. Ihm, dem Kenner, genügt es, die »Geschichte mit dem Automat« als Allegorie zu begreifen, die er sogleich seinem Fachgebiet gemäß als »eine fortgeführte Metapher« definiert. Da in der Rhetorik die Metapher als uneigentliche Rede gilt, wird klar, daß der Professor »dem Ganzen« eine übertragene Bedeutung beimißt; er leugnet also, daß sich der Vorfall wirklich ereignet habe. Das Verfahren, ein Geschehen als allegorisch zu verstehen, eignet sich hervorragend zur Abwehr von Unerklärlichem oder Unerwünschtem; deshalb wird es in Hoffmanns Werk gerne von (akademischen) Philistern in Anspruch genommen, die die Existenz des Phantastischen nicht zulassen dürfen, weil dies den Boden ihrer wohlberechneten Lebensart erschüttern würde. Mit der Parodie des Literaturprofessors, der die

---

12 Clemens Brentano, *Godwi oder Das steinerne Bild der Mutter* (1801), Tl. 2, Kap. 8, in: *Werke*, Bd. 2, hrsg. von Friedhelm Kemp, München 1963, S. 258 f.

Geschichte vereindeutigt, indem er sie auf eine rationale Wirklichkeit reduziert, hat Hoffmann diejenigen seiner späteren Interpreten vorweggenommen, die im *Sandmann* eine vorherrschende Bedeutung ausmachen wollen und entweder eine biographische Situation oder eine sozioökonomische Entwicklung oder eine geistesgeschichtliche Auseinandersetzung (o. ä.) gestaltet finden. Sie mißachten insgesamt die Komplexität der Realität, die Hoffmann in seiner Erzählung so meisterhaft vorführt und die beispielhaft an ihrer Titelgestalt abzulesen ist: als *phantastische* Figur aus dem Märchen bzw. Mythos entfaltet der Sandmann seine Wirkung in der erzählten *Wirklichkeit*. Die Mehrdimensionalität des Textes und mit ihr die vielfältigen historischen Bedingungen, unter denen er entstanden ist, verlangen, um auf die zentrale Metaphorik des Auges zurückzugreifen, eben eine offene, weitreichende Betrachtung, die jede Form von Kurzsichtigkeit vermeidet.

Inhalt

Interpretationen

IN RECLAMS UNIVERSAL-BIBLIOTHEK

Romane des 19. Jahrhunderts

Tieck, *Franz Sternbalds Wanderungen* – Hölderlin, *Hyperion* – Schlegel, *Lucinde* – Novalis, *Heinrich von Ofterdingen* – Jean Paul, *Flegeljahre* – Eichendorff, *Ahnung und Gegenwart* – Hoffmann, *Kater Murr* – Mörike, *Maler Nolten* – Keller, *Der grüne Heinrich* – Stifter, *Der Nachsommer* – Raabe, *Stopfkuchen* – Fontane, *Effi Briest*. 423 S. UB 8418

Georg Büchner

Dantons Tod – *Lenz* – *Leonce und Lena* – *Woyzeck*. 218 S. UB 8415

Fontanes Novellen und Romane

Vor dem Sturm – *Grete Minde* – *L'Adultera* – *Schach von Wuthenow* – *Unterm Birnbaum* – *Irrungen, Wirrungen* – *Quitt* – *Effi Briest* – *Frau Jenny Treibel* – *Der Stechlin* – *Mathilde Möhring*. 304 S. UB 8416

Romane des 20. Jahrhunderts. Band 1

H. Mann, *Der Untertan* – Th. Mann, *Der Zauberberg* – Kafka, *Der Proceß* – Hesse, *Der Steppenwolf* – Döblin, *Berlin Alexanderplatz* – Musil, *Der Mann ohne Eigenschaften* – Kästner, *Fabian* – Broch, *Die Schlafwandler* – Roth, *Radetzkymarsch* – Seghers, *Das siebte Kreuz* – Jahnn, *Fluß ohne Ufer*. 400 S. UB 8808

Romane des 20. Jahrhunderts. Band 2

Doderer, *Die Strudlhofstiege* – Koeppen, *Tauben im Gras* – Andersch, *Sansibar oder der letzte Grund* – Frisch, *Homo faber* – Grass, *Die Blechtrommel* – Johnson, *Mutmassungen über Jakob* – Böll, *Ansichten eines Clowns* – S. Lenz, *Deutschstunde* – Schmidt, *Zettels Traum* – Handke, *Der kurze Brief zum langen Abschied*. 301 S. UB 8809

Philipp Reclam jun. Stuttgart

Erzählungen und Romane
der deutschen Romantik

IN RECLAMS UNIVERSAL-BIBLIOTHEK

Murr. 517 S. UB 153 – Klein Zaches genannt Zinnober. 150 S. UB 306 – dazu Erläuterungen und Dokumente. 170 S. UB 8172 – Kreisleriana. 155 S. UB 5623 – Das Majorat. 86 S. UB 32 – Meister Floh. 235 S. UB 365 – Nachtstücke. 431 S. UB 154 – Nußknacker und Mausekönig. 72 S. UB 1400 – Prinzessin Brambilla. 8 Kupfer nach Callotschen Original-blättern. 173 S. UB 7953 – Rat Krespel. Die Fermate. Don Juan. 82 S. UB 5274 – Der Sandmann. Das öde Haus. 75 S. UB 230 – dazu Erläuterungen und Dokumente. 172 S. UB 8199 – Des Vetters Eckfenster. 53 S. UB 231

Kleist, Heinrich v.: Die Marquise von O… Das Erdbeben in Chili. 80 S. UB 8002 – Michael Kohlhaas. 127 S. UB 218 – dazu Erläuterungen und Dokumente. 111 S. UB 8106 – Sämtliche Erzählungen. 333 S. UB 8232 – Die Verlobung in St. Domingo. Das Bettelweib von Locarno. Der Findling. 72 S. UB 8003 – Der Zweikampf. Die heilige Cäcilie. Sämtliche Anekdoten. Über das Marionettentheater und andere Prosa. 104 S. UB 8004

Novalis: Heinrich von Ofterdingen. 255 S. UB 8939

Schlegel, Dorothea: Florentin. 325 S. UB 8707

Schlegel, Friedrich: Lucinde. 119 S. UB 320

Tieck, Ludwig: Der blonde Eckbert. Der Runenberg. Die Elfen. 80 S. UB 7732 – zu: Der blonde Eckbert. Der Runenberg. Erläuterungen und Dokumente. 85 S. UB 8178 – Franz Sternbalds Wanderungen. Studienausg. 584 S. 16 Abb. UB 8715 – Der Hexensabbat. 336 S. UB 8478 – Des Lebens Überfluß. 80 S. UB 1925 – Liebesgeschichte der schönen Magelone und des Grafen Peter von Provence. 72 S. UB 731 – Vittoria Accorombona. 416 S. UB 9458 – William Lovell. 744 S. UB 8328

Philipp Reclam jun. Stuttgart

E. T. A. Hoffmann

IN RECLAMS UNIVERSAL-BIBLIOTHEK

Philipp Reclam jun. Stuttgart